ことのは文庫

大奥の御幽筆

～永遠に願う恋桜～

菊川あすか

MICRO MAGAZINE

目次

Contents

大奥の御幽筆

～永遠に願う恋桜～

序章

辺りを包み込む麗《うら》らかな春の日差しに、佐之介《さのすけ》は訝《いぶか》しむ。

――……奇妙だ。つい先刻まで城の中にいたはずなのに、なぜ自分は今ここにいる。

惟《おもん》るも、夢だと思うほか、腑に落ちる答えは見つからない。併せて、目の前で起こっているもうひとつの奇異な現象は、いったいなんなのだろう。

藍色の小袖を着流している佐之介は、怪訝な顔を正面に向けた。

『ここは新大橋《しんおおはし》です』

前を歩いている女が振り返り、左手を指した。

(俺に話しかけているようだが、この女はいったい……)

女の顔は霞のようにぼんやりと朧《おぼろ》げだ。佐之介を見ているようだが、目も鼻も、どのような形をしているのかまったく分からない。

渋い緑みがかった茶色い地味な着物。落ち着いた声色や歩き方からして、恐らく若い娘ではないだろうと推測できる。商家の内儀か長屋の女房か、あるいは武家の妻か……。

『見覚えはありませんか？　初雪やかけかゝりたる橋の上。当時、深川《ふかがわ》に住んでいた松尾《まつお》芭蕉《ばしょう》が新大橋のことを詠んだ句です』

松尾芭蕉という俳諧師《はいかいし》には馴染みがないが、新大橋については知っている。それどころか、今や江戸《えど》に架かる橋については大小問わず把握済みである。永らく一人で江戸を彷徨《さまよ》っていれば、たとえ覚える気がなくとも、あらゆることが自然と頭に入ってきてしまうからだ。

橋のことなら存じていると佐之介が答えるよりも先に、女が続けて言った。

『そうですか。やはり分からないんですね。ということは、新大橋が架かる前に……ということでしょうか』

佐之介はうんともすんとも言っていないのに、女はまるで返答を聞いたかのように会話を続けた。

これはやはり夢なのだろう。だが、亡霊として目覚めてからこれまで、ただの一度も夢を見ることなどなかったのに、なぜだ。

思案している間も夢から覚めることはなく、佐之介は女のあとに続いて歩いた。

新大橋から南へ向かい南新堀町《みなみしんぼりちょう》を西へ折れると、武家屋敷の塀が見えた。すると、目の前を小さな花弁《はなびら》がはらりと舞う。

道すがら桜人《さくらびと》がちらほら見受けられたのは、この夢が弥生の出来事だからだろう。現《うつつ》でも今は弥生の、確か六日なのだが、城の桜が満開になるまではあと少しといったところだ。

しかし不思議だ。夢の中だというのに春気《しゅんき》が満ちており、温かい風も己の肌でしっかりと感じられる。不可解ではあるけれど、なぜか気味が悪いとは思わない。寧ろ、のどかで心地が良いとさえ思えた。

それはどこか、里沙《りさ》の穏やかさに似ているようで――。

優しい顔を思い浮かべようとした刹那、息が止まるほどの突風が佐之介に襲いかかった。

反射的に瞑ってしまった瞼を徐《おもむろ》に開くと、花嵐が美しい桜の花弁を次々と巻き上げ、流水のように佐之介の周りをぐるぐると激しく舞った。

(なんだ、これは)

花弁の渦を手で払い続けているうちに、前を行く女の姿が次第に見えなくなっていく。

(待て、そなたは誰なのだ!)

口を開いているのに、喉の奥を塞がれているかのように声が出ない。

必死に唇を動かすも、女は徐々に離れていき、ついに佐之介の視界から消え、やがて舞っていたはずの大量の花弁も瞬時に消え失せた。

そして、目に映る世界が突如一変する。

晴天から差していた春光が、闇夜に浮かぶ月光へと変わり、安らぐような温もりが、耐えがたい悪寒へと変わる。

風は刺すように冷たいのに、じっとりとした不快感が肌に纏《まと》わりついてきた。

――心の奥底から、言い知れぬ憎悪が自ずと湧き上がる。

空、風、香り、感覚、感情。昼から夜へと転じたことにより、すべてが一瞬にして覆ったように思えた。

先ほどまでは露ほども感じられなかった嫌悪が、佐之介の体の中をじわじわと侵食していく。

漂う不穏な予感。早くこの場を立ち去らねばと思うのに、足がまるで動かない。ならば早く目覚めよ。己にそう言い聞かせ、意図せず生じる黒い念にあらがうべく、佐之介は右手で衿元を強く握る。

すると、動けずにいる佐之介の右側を、誰かが追いこした。

衣の色柄はよく見えないが、先ほどの女とは明らかに違う下げ髪を静かに揺らしながら、佐之介の前を行く。まるで、眼前に見える暗黒に自ら呑まれていくかのように、女は足を進めた。

（行ってはなりませぬ！）

咄嗟に叫んだあと「なぜだ」と自分に問うた。なぜそちらに行ってはならないのか。分からない。けれど、理屈ではない何かが佐之介を駆り立てる。

女を引き止めるように懸命に手を伸ばすと、武家屋敷を囲む白い壁に黒々とした染みが浮かび上がった。

目を細めた佐之介は、それが染みではなく人の影だと気づく。

下げ髪の女のものではない。もう一人の……――。

瞬きする間に僅《わず》かな殺気をはたと感じ取った佐之介は、反射的に左手を腰に近づけた。

咄嗟に鯉口《こいぐち》を切ろうとするのは、己が武士であったことを体が覚えているからだろう。

しかし、亡霊となった佐之介は丸腰。手を伸ばしたところで刀はない。

(くそっ……)

佐之介の視線の先には、夜陰に溶け込むような黒い衣の男が立っている。またもや顔は見えない。

これは夢なのだから慌てる必要はない。頭ではそう考えているのに、しじまの中にはびこる禍々《まがまが》しい空気が妙に現実的だ。

動けないまま目を凝らし続けていると、男が刀を頭上に振り上げた。

月光を浴びた白刃が怪しい光を放つと、得も言われぬ狂気を感じ、背筋に戦慄《せんりつ》が走る。

(逃げろ!)

いくら叫ぼうとも、発することのできない佐之介の声は、どこにも届かない。

刀を振り上げた男も、斬られようとしている女も誰なのか分からない。それでも助けたい。助けなければならないのだと、佐之介の中に眠る何かが訴えてくる。

（早く逃げろ！）

女の背中に向けてもう一度叫ぶと、男は刀を構えたまま唇を小さく開いた。

『拙者《せっしゃ》はもう……――い……』

男は目を瞑り、闇夜を切り裂くように女へ向けて一太刀――。


「――やめろっ!!」

佐之介が勢いよく体を起こすと、側に座っていた里沙はびくりと肩を震わせた。

「佐之介さん、どうかなさったのですか？」

息が荒く、佐之介の脳裏には怯えが。いや、恐れか怨みか、それとも憎しみか、筆舌に尽くしがたい思いが浮かんでいる。

「大丈夫ですか？」

心地良い声色のほうへ目を向けると、佐之介はようやく全身の力を抜いた。

「佐之介さんがうなされるなど、初めてですね」

不安そうにのぞき込む里沙に、佐之介は表情を緩める。

「少々、悪い夢でも見ていたようだ」

しかし、あれは本当に夢だったのだろうか。

額に手を当てると、じわりと滲む汗が、まだそこに残っていた。

第一章　菓子屋の亡霊

時は文政八年。徳川《とくがわ》十一代将軍、家斉《いえなり》公の御世《みよ》。

御家人の長女として生まれた里沙が大奥へ上がったのは、四月《よつき》ほど前。山々が紅《くれない》に彩られる季節に、大奥全般を取り締まる御年寄《おとしより》、野村《のむら》の部屋方として勤めることとなった。

その頃、大奥では御火《おひ》の番《ばん》の間でとある亡霊騒ぎが起きていたのだが、奥入りして間もない里沙は、その怪事件を解決すると自ら名乗り出た。

なぜなら里沙は……——。

「——にゃあ」

修練のため自室の文机に向かっていると、控えめな猫の鳴き声が聞こえてきた。だが、部屋の中にそれらしき姿は見えない。

辺りを見回して猫の居場所に気がついた里沙は、閉じられている部屋の障子戸に向かって声をかける。

「おいで」

すると、柔らかな茶色い毛に所々黒と白の斑模様のある丸々と太った猫が、部屋の中に入ってきた。といっても、自ら器用に戸を開けて入ってきたわけではなく、たまたま通りかかった女中が開けてくれたわけでもない。茶色い猫は、当然のように障子戸を〝すり抜けて〟部屋の中に入ってきた。

なぜそんなことができるのか。それは、この猫が亡霊だからだ。命は既に尽き、体は実体がなく透き通っている。

普通なら、腰を抜かすか泡を食って逃げ出してもおかしくない光景なのに、里沙は驚くどころか猫の頭を撫でるような仕草を見せ、目尻を下げた。

なぜなら里沙にとって亡霊とは、いてあたり前の存在。生まれつき赤茶色をした美しい里沙の瞳には、死者が映る。

亡霊が見える目を持ったせいで『呪われた子だ』と家族から虐げられてきた里沙は、自分が嫌いだった。普通になれない自分が憎らしかった。役に立たない自分が惨めで仕方がなかった。親に愛されない自分が、大嫌いだった。

けれど、そんな里沙に生きる道を示してくれたのが、どんな時も里沙に優しく寄り添い続けてくれた、今は亡き祖母の梅《うめ》。

『その特別は、いつかきっと誰かを救う』

そして、祖母がくれたこの言葉を現実のものにしてくれたのが、大奥で出会った亡霊の佐之介だった。

『お里沙は、俺の救いだ』

亡霊として目覚めた佐之介は、多くの記憶を失ったまま、永きにわたって孤独に耐えてきた。

ただの孤独ではない。その姿は誰からも見えず、誰にも己の声は届かない。一日が一年にも十年にも思えるほどの空虚感であっただろう。だからこそ、己を見つけ、言葉を交わした里沙のことを希望だと、救いだと佐之介は言ったのだ。

祖母と佐之介、二人がいたからこそ里沙は今、前を向いて生きている。

「しかし、その猫はなぜお里沙の膝の上にのれるのだ」

里沙の隣に座っている佐之介が、切れ長の美しい目を細め、首を傾げた。うしろで束ねた長い総髪が、藍色の衣の上で滑る。

「本当に不思議ですね。けれど、佐之介さんも梯子を使って二階へ上がり、今こうして畳の上に座っています。それもまた、亡霊が現の物に触れているということになるのではないでしょうか」

「確かに、それもそうだな」

死者同士であれば触れ合えるのだが、本来いるべき場所の違う生者と死者は、決して交わらない。死者は現の物をさわれない。だが、時折その道理から外れたことが起きる場合もあるのだと、二人は理解している。

例えば、佐之介は部屋に置いてある箪笥の引き出しを開けることはできないが、柱によりかかることはできる。畳を張り替えることはできないが、その上に腰を下ろすことはできる。里沙は亡霊の猫を抱き上げることはできないが、亡霊の猫が里沙の膝の上に飛びのることはできる。

なんとも不思議だが、里沙の目然《しか》り、解を求めることができない現象は確かに存在する。

「不思議ですけど、こうして茶々丸《ちゃちゃまる》が時々遊びに来てくれるのはとても嬉しいです」

透けている猫の体を通して、里沙が着用している縮緬《ちりめん》の小袖がよく見える。

「茶々丸とは？」

佐之介が、猫の頭を優しく撫でながら問う。

「えっと、私《わたくし》が勝手につけてしまいました。初めて見かけたのは三日前だったのですが、生前はどんな名だったのか聞いても、にゃあとしか言ってくださらないので」

真面目に答える里沙に、佐之介は薄い唇を綻《ほころ》ばせた。

「そうか、打ってつけの名だな」

そうこうしているうちに、里沙の膝から降りた茶々丸はふいに障子戸をすり抜けて、またどこかへ行ってしまった。

奥女中ではそうもいかないが、猫なら気ままにどこへでも行くことができる。亡霊ならばなおのこと。男である佐之介が男子禁制の大奥にいられるのも、どこへでも自由に行き来でき、里沙以外の目には映らない亡霊だからだ。そして、ここ大奥でそんな佐之介と出会えたからこそ、里沙は自分の果たすべき役目に就くことができた。

佐之介と共に御火の番の亡霊騒ぎを解決した里沙は、御年寄の野村から内々に特別な仕事を与えられた。

亡霊による怪事や問題が生じた場合に対処し、記録を残すこと。その役職名は、【御幽《ごゆう》筆《ひつ》】。

大奥でたった一人、里沙だけに与えられた役目だ。

とはいえ、そう頻繁に怪事件が起こるわけではないので、普段は大奥の正式な役職である御右筆《ごゆうひつ》の見習いとして他の奥女中たち同様、励んでいる。

「私はそろそろ行かなければならないのですが、佐之介さんはどうなさいますか」

「無論、俺も共に行く」

「それなら〝皆〟で参りましょうか」

梯子を下りた里沙は、三の側《かわ》から出仕廊下を渡り、女たちの住居である長局《ながつぼね》を出た。

これより先は御殿向《ごてんむき》となり、奥女中の詰所《つめしょ》の他、毎朝の総触《そうぶ》れが行われる御座の間や、将軍が大奥に渡った時の寝所、御小座敷《おこざしき》、御台所《みだいどころ》や将軍生母の住まいなどがある。

御右筆詰所は御殿向に入ってすぐの場所にあり、向かいは奥御膳所となっている。そのため、食事の時刻が近づいてくると美味しそうな香りが度々詰所まで漂ってくるのは、御右筆衆にとっての日常。空腹に耐えるのは大変だが、忙しいとつい食事を摂るのを忘れてしまう者もいるので、匂いが合図となってくれるのはありがたいと、皆はよく口にしている。

詰所にて文机の前に座った里沙は、気を引き締めて筆を取った。

御右筆とは、大奥での文書や書状、日記などの作成や記録などを行い整理する、大事な役目。人員は御右筆頭を含めて七名いるのだが、里沙は見習いのためそこに含まれていない。

里沙の書く文字は綺麗だとよく祖母が褒めてくれていたため文字を書くのは好きだが、御右筆の仕事についてはまだまだだと里沙は実感している。

頼まれていた御礼の文をしたためはじめた里沙は、緊張した面持ちで筆を進めた。

ただ綺麗に書くだけではなく、当然ながら一字一句間違えてはならない。

自分の字であって自分の字ではなく、御礼状を受け取る相手の気持ちも考えながらしたためなければならないのだ。

御右筆の仕事には相当な集中力を要するため、書の修練だけでなく、精神的な鍛練にも繋がっていると里沙は日々感じていた。

「ふう……」

筆を置いてひと息つくと、藤の文様が描かれた上品な打掛を纏《まと》った女中が詰所に入り、里沙の側で腰を下ろした。

「随分と根詰めていたようですね」

里沙がしたためた御礼状にちらりと目をやり、労《ねぎら》うように声をかけてきたのは、朝の総触れから戻った御右筆の、そして里沙の叔母でもある豊《とよ》だ。

「はい。日々励んではいるのですが、まだまだです」

豊は、里沙を大奥へと導いてくれた恩人であり、幼い頃から文通をしてくれていた相手でもある。祖母と同様に、豊も里沙の力を信じ、慈《いつく》しんでくれた一人だ。

「とてもよくできているではないか」

「お豊様、ありがとうございます」

隠しきれない喜色を浮かべながら、里沙は頭を下げた。

多忙な中でも里沙の努力をきちんと見ている豊は、時折こうして称えることも忘れない優しい人だ。また、常に真摯な態度で仕事と向き合っているだけでなく、御右筆として必要とあれば、相手が誰であろうと正しい意見を述べられる強さも持ち合わせており、豊は同じ御右筆だけでなく御年寄の、特にかつての主《あるじ》である野村からの信頼も厚い。

「肩に力を入れすぎるでないぞ」

豊は里沙の肩に触れ、耳元に顔を寄せた。

「そなたには、他にも大事な務めがあるのだから」

そう小声で囁いた豊は、再び詰所をあとにした。豊の言う大事な務めとは、御幽筆のことだろう。

里沙は、詰所の北にある縁側を一瞥《いちべつ》する。そこにはいつもと変わらず里沙を見守る佐之介の姿と、そして他にもう一人――。

「俺は一生このまま、なんてことになりませんかね？　あっ、一生はもう終えてるから、この場合一生とは言わないか。となると永久？　いやぁ、そんなのはとても耐えられない」

梅幸茶《ばいこうちゃ》色の着流し姿の男が、己の月代《さかやき》を軽く撫でながらぶつぶつとひとりごちる。

「佐之介様、俺の頭はどうなってしまったんでしょうか。なんで覚えてないのでしょう」

佐之介のうしろでしょんぼりと肩を落としているその男の名は、新吉《しんきち》。里沙が大奥で見つけた、亡霊だ――。


大奥では弥生の一日から四日まで雛祭りとなり、十二段の豪華な雛人形を飾るのだが、雛祭りだけではなく、数多《あまた》ある行事のたびに奥女中は多忙を極めた。

新吉を見かけたのは、そんな慌ただしくも大いに賑わう雛祭りが終わった翌日の、暮れ六ツ（午後六時）頃だった。

多くの女中が勤めを終え、表情に疲れと解放感が入り混じる刻限。

里沙が詰所から部屋に戻るべく三の側の廊下を歩いていると、困惑した様子で庭を右往左往している男を見つけた。

だが、よくよく目を凝らさなければ確認できないほど男の姿は透き通っていて、同じ亡霊でも鮮明に見える佐之介とは随分違う。

けれど、ここまで透けていれば亡霊なのだとひと目で判断できるので、佐之介と出会った時とは異なり、里沙は至極落ち着いていた。

二十歳前後とみられる男の亡霊の背丈は佐之介よりも少し低く、目尻の下がった優しい顔つきをしている。

ひとまず里沙は、立ち止まって暫し男の様子を見ていた。すると亡霊は、通りかかる奥女中に手を伸ばして声をかけようとするも、直前で躊躇《ためら》ってしまい、結局何もできずに手を引く。それを何度も何度も繰り返していた。

咳払いをして相手の注意を引こうとする仕草も見られたが、そんなことをしても女中たちに聞こえるはずがない。なにしろ亡霊なのだから。

終始狼狽《うろた》えている亡霊に見かねた里沙は、近づいてそっと声をかけた。もちろん、人がいない折を見てだ。

『何をなさっているのですか』

里沙の声に面食らった亡霊は、腰を抜かすようにどすんとその場に尻もちをついた。

『えっ……!?』

亡霊の男は、ぱちぱちと瞼を上下しながら里沙を見上げている。

『何か、お困りですか？』

周囲にいる女中に怪しまれないよう、里沙は庭に落ちている葉を拾うような仕草で、尻もちをついている亡霊の正面でゆっくりとしゃがみこむ。

『お、俺が、見えるんですか』

目を合わせたまま、里沙は静かに頷いた。

『俺、死んでしまったんです。だけど、それでも……』

『見えますよ。とても透き通ってはいますが』

忍び声で里沙が伝えると、少しの沈黙のあと、亡霊は大きく息をついた。そして緊張が解けてほっとしたのか、たちまち相好を崩す。

『お、俺は、新吉っていいます！』

『私は奥女中をしております、里沙と申します』

『お里沙さん、あの俺、俺はご覧の通り死んでるんですが、なんで成仏できないんでしょうか。死んでから半年以上経ったのに、俺はなんでまだ江戸にいるんでしょう。人様に迷惑をかけるような悪いことはしていないし。いや、そりゃあ小さいことなら何かあるかもしれないですが、でも真っ当に生きてきたつもりです。それなのに、誰も俺がいることに気づいちゃくれないし、このままどうなってしまうのか不安で不安で』

堰《せき》を切ったように話す新吉に、里沙は佐之介と初めて会った時のことを思い出した。

その際の反応が佐之介と新吉で異なるのは、きっと亡霊となってから彷徨い続けた歳月の差だろう。佐之介は随分と長かったようだが、新吉は半年前と言っている。

姿がどれだけ透けているのかという程度の違いも、恐らく同じ理屈なのではないかと里沙は考えていた。だが、佐之介も新吉も不安だったことに違いはない。

奥女中となってから今日まで、里沙はここ大奥で佐之介以外の亡霊も何度か見かけている。けれどそれらの亡霊は生者に話しかける様子も、新吉のように戸惑う様子も、悲しそうに目を潤ませることもない。生者にかかわる気のない亡霊、かかわらなくてもいい亡霊、もしくはかかわることができない亡霊なのだと、幼い頃から亡霊を目にしてきた里沙は心得ている。

だからこそ、新吉はそれらとは違い、生者に助けを求めているのがひと目で分かった。

亡霊が困っているのならば、御幽筆の里沙がやって然るべきことはただひとつ。

すがるような眼差しを向ける新吉に、里沙は優しく微笑んだ。

『私が力になります。成仏できる方法を、共に考えましょう』

新吉は、目に涙を溜めながら『ありがとうございます』と、何度も頭を下げた。

その思いに応えるべく、里沙は新吉から話を聞いたのだけれど、やはり新吉も記憶の一部を失くしていた。

だが、その一部というのが少し変わっていて……。

「佐之介様、俺は大丈夫なんでしょうか」

「新吉の失くした記憶を取り戻すために協力すると言っているんだ。少し落ち着け」

「で、ですが、思い出せなかったら成仏できない気がして不安で。俺だって、男のくせにみっともないって分かってるんです。でも……」

文机に向かったまま、里沙はちらりと縁側に目をやる。二人の声が何やら騒々しいと感じているのは、里沙だけだ。他の御右筆衆は、時折聞こえてくる鳥のさえずりに癒されつつ、静かに筆を走らせている。

「佐之介様も記憶がないんですよね？　自分の身がどうなるのか考えたら、恐ろしくはならないんですか？　俺は元来気弱な性分でして、考えれば考えるほど弱音しか出てこなくて。地獄とやらに落とされたらどうしようなどと莫迦《ばか》なことばかり想像してしまうんです」

「俺は、お里沙が見つけてくれただけでじゅうぶんだ。記憶があろうがなかろうが、俺であることに変わりはないからな」

無限とも思える歳月を孤独に耐えてきた今の佐之介にとって、記憶はもはやそれほど重要ではないのだろう。思い出せたほうがいいのかもしれないが、この先何も思い出せずとも、それはそれでいい。里沙の目に自分が映っていることこそが幸福なのだと、佐之介は思っているようだ。

「だがそうだな。亡霊として目覚めてから一年ほどは、新吉のように恐ろしさも感じていたかもしれぬ。遠い昔のことで忘れてしまったが」

「佐之介様は誠に粋《いき》なお方でございますね。おまけに役者顔負けの面差しで……あ、もしや生前は役者だったのでは？」

真面目な顔つきの新吉に、佐之介は役者顔負けの微笑を漏らした。

「そんなわけがなかろう。それに、佐之介様というのもやめてくれないか」

「では、佐之介の兄貴ってのはどうでしょう」

「兄貴というのも慣れないが、まぁ、弟には兄と呼ばれていたのかもしれんな」

「えっ？　佐之介様は記憶が殆《ほとん》どないとおっしゃってましたが、弟君がいたことは覚えていらっしゃるんですか？」

「覚えていたわけではない。ある親子のお陰で、ほんの僅かだが家族のことを思い出したのだ」

柱から背を離した佐之介は、縁側から見える蒼天を仰ぎ、優しく目を細める。

「ある親子、ですか？」

「あぁ、そうだ」

それは、里沙が御幽筆になるきっかけとなった親子。ほんの五歳でこの世を去ってしまった成明《なりあき》と、その母のことだ。

御火の番の騒ぎの要因となっていた成明は、師走の足音が間近に迫る霜月に、成仏した。

「なるほど。でも俺は家族のことを忘れちゃいなかったんで、佐之介の兄貴とはちょっと違いますね。俺にも六つ下の弟がいるんで、その点では同じですが」

言葉通り、新吉は家族のことを何ひとつ忘れていないのだが、それだけではない。

幼い頃から自分がどう育ってきたのか、家も、通っていた手習所も、奉公先も、奉公先から見える景色も、自分や家族、親しい周りの人たちの見目や人柄も、すべて鮮明に覚えていた。更には、死因さえもはっきりしているのだ。

そのため、初めて新吉に話を聞いた時は、失くした記憶などないのではと二人は思ったのだが、よくよく聞けば新吉もやはり記憶を失っていた。

「はぁ……なんで忘れてしまったんですかね」

思い出したようにため息をつき、再び背中を丸めて小さくなる新吉。

「それについてはこれから調べ回ることになると思うが、まずはどこか別の場所に移ろう」

「なぜです？」

「我らがここで話していては、お里沙の気が散ってしまう。右筆として懸命に努めているお里沙の邪魔はしたくない」

佐之介がすくと立ち上がると、新吉も慌てて続く。

去り際、里沙は佐之介の気遣いに、佐之介は里沙に自分たちのことは気にするなと言うように、目礼をした。


仕事を終え、里沙が住居である三の側に戻ったのは、暮六ツ（午後六時）の鐘が鳴った頃。同室の豊と夕食を済ませてから二階へ上がった。

長局の二階には奥女中が雇った部屋方を住まわせることが多いのだが、ここでは特別な役目を担っている里沙が、二階を自室として使用させてもらっている。亡霊と話をしなければならない時、一階では多くの女中の目に留まってしまうからと、豊が配慮してくれたのだ。

「ではもう一度、新吉さんの話を整理しましょうか」

里沙は箪笥を開け、中から束になっている紙を取り出した。里沙と佐之介は部屋の中央で横に並び、二人の正面に新吉が座る。

部屋の隅には、茶々丸のために里沙が用意した麻の葉文様の座布団が置かれているが、茶々丸の姿はない。どこかふらふらと散歩でもしているのだろう。

「書き損じがあればおっしゃってください。ご実家は、深川南六間堀町《みなみろっけんぼりちょう》で、ご家族は母君と弟君が一人」

里沙が目を通している紙は、忘れないよう新吉の言葉を記録したものだ。

「えぇ、そうです」

「新吉さんは文政七年葉月の一日、十九歳で亡くなった、ということで間違いないですか？」

「はい。間違いないです」

膝の上に手を置いて背筋を伸ばし、若干緊張した面持ちで返答する新吉の様子は、まるで何かの吟味でも受けているかのようだ。

「それから、新吉さんの奉公先は米沢町《よねざわちょう》の伊勢屋風花堂《いせやふうかどう》で、十一歳に丁稚《でっち》として奉公し、菓子職人として修業を重ねて一昨年に手代《てだい》となった」

「はい。その通りです。何も間違っていません」

新吉の返事を受け、里沙と佐之介は顔を見合わせた。

まさか、新吉の奉公先があの【風花堂】だったとは。最初に聞いた時は、そんな偶然があるものなのかと本当に驚いた。

風花堂とは、江戸城にも菓子を献上する幕府御用の菓子屋だが、比較的安価な菓子も売られているため、庶民にも大人気の菓子屋である。

そんな風花堂で売られている季節限定の芋ようかんは、昨年成仏した成明が好んだ菓子だ。そして今度は新たに出会った亡霊、新吉の奉公先だったのだから、風花堂とは何かと縁があるように思えて仕方がない。

里沙と佐之介は、脳裏に残るあどけない笑顔と美しい白雪に、暫し思いを馳せた。

「では、本題に入りましょう」

気持ちを切り替え、里沙は目の前にいる新吉と視線を合わせる。

「新吉さんが失った記憶は、たったひとつ。大切に想っていた誰かのこと〝だけ〟を忘れてしまった。そういうことで、よろしいですか」

「はい。恐らく……いや、絶対、そうなんです」

多くのことを覚えていた新吉だが、大切な誰かのことだけが思い出せず、どう大切に想っていたのかさえ分からないのだと言う。

「だがな新吉、誰をどうして大切だったのか覚えていないのに、そういう人がいたということは分かるのか？　何か思い違いをしているということは」

「それはないです！　自分でも上手く説明できないんですが、なんかこう、心の臓に穴が空いちまってるような感覚で」

「家族に対する思いということはないのか」

「いえ、家族のことはもちろん大切ですが、違うんです。この姿になってから家族の様子を見に行ったんですが、おっかさんの顔を見ても弟の千二郎《せんじろう》の顔を見ても、穴は塞《ふさ》がらないんです」

胸に手を当てながら、沈んだ声で肩を落とす新吉。大切だという気持ちは確かにあるのにそれが誰なのか見えないというのは、随分ともどかしいに違いない。

「だけど、だけど俺、嘘は言ってません。誰なのか、なんでこんなふうに思うのかはさっぱり見当がつかないんですが、その、姿の分からない誰かのことは大切だって、それだけは分かるんです」

おどおどと弱音ばかり吐いていた新吉の顔つきが、引き締まった。真剣な眼差しが、心に空いた穴の大きさを物語っている。

「もちろんです。私たちは新吉さんが偽っているなどとは思っておりません。新吉さんが成仏できないわけは、きっと欠けた記憶の中にあるのだと思います」

同意を求めるように隣を見上げると、佐之介が頷いて応えた。

「ありがとうございます。俺自身も何がなんだか分からないんで、お里沙さんや佐之介の兄貴は解せなくて当然ですよね」

「でも失った記憶がある、というのは分かっているのですから、そこから何か――」

と、言いかけたところで、梯子を上る足音が聞こえた。

「お里沙！」

銀鼠《ぎんねず》色の小袖を着た一人の奥女中が顔を出した。涼しげな目元を里沙に向け、拗《す》ねたように頬を膨らませている。

「お松《まつ》さん」

対照的に、松をひと目見て相好を崩す里沙。

里沙の目の秘密を知っている生者は、大奥の中では今のところ三人しかいない。一人は豊、もう一人は御年寄の野村。そして最後の一人は野村の部屋方として十三年仕えている、この松だ。

「お里沙ってば全然会いに来てくれないから、ついに自分から来ちゃったわよ」

松の性分をそのまま表したような朗らかな声が、長局の二階に響く。

里沙が大奥に上がった際、野村の部屋方として大奥でのあれこれを教示してくれたのが、松だ。言うなれば里沙の指導係なのだが、里沙が御右筆に昇進した今でも、その関係は変わっていない。里沙にとって松は尊敬する部屋方であり、信頼できる友でもある。

今年十八歳になる里沙よりも五歳年上の松は明朗快活で潔く、場にいるだけで周囲が笑いに包まれるような人だ。

「わざわざ来てくださり、ありがとうございます。私もそちらにうかがって近況などを語り合いたいと思っていたのですが、なかなか叶いませんで。申し訳ございません」

「相変わらず硬い硬い」

松の手が里沙の肩をぽんと叩く。

「お里沙が一人で座ってるってことは、いるのよね、佐之介が」

きょろきょろと視線を動かしてみるが、松の目に佐之介の姿が映ることはない。

「こちらに、座っておられます」

里沙が自分の隣を示すと、松は「あぁ、そこね」と言って佐之介の正面に腰を下ろす。

「久しぶりね、佐之介。達者に過ごしてた？」

「死んでいるのだからなんとも言えぬが、まぁ、変わりはない」

佐之介の言葉を里沙が代わりに伝えると、松は「それもそうだ」と笑う。

「あの、お松さん。実は、ここに佐之介さんではない亡霊がもう一人いるのですが」

まさに今、松の肩と新吉の肩が触れ合っているような状態なのだが、松は当然気づいていない。

「えっ、本当に⁉　この前の子とは違うのよね？」

「はい。野村様のところにも報告に参らねばと思っておりましたが、昨年の葉月にお亡くなりになった、新吉さんです。えっと、お松さんのすぐ右側に」

ぴたりと隣り合っているとは言わなかったが、松は自然と二寸（約六センチメートル）ほど左に身じろぐ。

「お里沙さん、こちらのお女中さんには、俺のことを話しても大丈夫なんですか？」

他の者に亡霊の存在を知られないよう、里沙が常に注意を払っているのを知っていたので、あまりにもあっさり自分の存在を明かしたことに新吉は驚いている。

「お松さんは知っていますし、信じてくださっているので大丈夫です」

里沙の言葉には、少しの淀みもない。新吉の言葉が聞こえない松もなんとなく察してか、

「そうそう、安心しなさい」と続け、里沙は松に事の経緯を手短に説明した。

「……なるほど。ということはつまり、亡くなった日も年齢も今回は覚えてるってことなんだね」

「えぇ、そうなのですが、やはり失った記憶もありまして、大切に想う誰かの記憶だけがないようなのです」

気づけば、いつの間にか茶々丸が座布団の上で心地良さそうに眠っている。話の最中に戻ってきたのだろう。亡霊になっても猫は気ままだ。

「それはきっと、惚れた相手がいたってことよね」

「いやぁ、どうなんでしょうね。俺にそんな相手がいたとは思えないですし」

恥ずかしそうに身をすくめながら視線を下げる新吉に、里沙と佐之介はくすりと笑う。

それが惚れた相手でも、そうでなくても、大切な人を忘れたままというのはあまりに不《ふ》憫《びん》であり、思い出さなければ恐らく成仏もできないだろう。

「それで、お里沙は新吉さんを成仏させてやりたいと」

「はい。そう思っております」

「だったら行くわよ」

「行くとは、どこにですか？」

松が腰を上げたので、理解しないまま里沙も立ち上がり、小袖の裾を手でさっと直す。

「野村様に報告しに行くのよ、早いほうがいいでしょ。今ちょうど一服なさってるところだから」

亡霊にまつわる件は、すべて野村に報告しなければならない。無論、里沙はなるべく早急に野村のもとを訪れるつもりだったが、まさか今すぐに行くことになるとは思わなかった。

すべてを見透かすような野村の鋭い眼光を思い浮かべた里沙は、背筋を伸ばし、慌てて身支度を整える。

「こういうのはね、何ごとも早いほうがいいのよ」

佐之介は「お松らしいな」と笑い、新吉は「俺のために面倒かけてしまってすいません」と、頭を下げた。

大奥長局の最も南に位置する一の側は、位の高い奥女中の住居であり、御年寄の野村も一の側に住む一人だ。

「野村様、御右筆のお里沙を連れてまいりました」

襖の前で松がそう告げると、里沙は畳に両手をつき、深く頭を下げる。

「野村様にご報告すべく、参りました」

すると、僅かな静けさのあと、部屋の中にいた女中がすっと襖を開けた。

里沙がもう一度頭を下げると、野村は松以外の部屋方を居間から退席させる。

「こちらへ」

威厳と落ち着きを併せ持つ野村の声に、里沙の体が自ずと強張る。

松は襖の前から動かず、里沙だけが野村の正面へ移動した。佐之介と新吉は、松の横で立ったまま待機をしている。

「表を上げよ」

里沙は徐に顔を上げた。

壁面に四つ松紋の唐紙が貼られた上の間にて、野村は煙管《きせる》を手に脇息《きょうそく》にもたれかかっている。濃い緑の綸子《りんず》地に、金や銀などの彩糸で大きな牡丹の文様が施された打掛を纏う姿は、野村という御年寄の深みと絢爛《けんらん》さを表しているかのようだ。

「久しぶりじゃな、お里沙」

「はい。御無沙汰しております」

野村から放たれる威圧感には何度対面しても慣れることはなく、自然と身が引き締まる。とはいえ、それは恐ろしさゆえではなく、野村に対する尊敬の念がそうさせるのだ。

「そなたが右筆として日々励んでいることはお豊から聞いておるが、直接私のところへ参ったということは、御幽筆にかかわることか」

あえて言い回しを変えたのは、御右筆と御幽筆の違いを出すためだろう。他の者が聞けば同じことのように思える言葉も、里沙と松はその違いを明確に汲み取ることができる。

「はい。左様でございます。実はつい先日、また新たな亡霊を見かけまして――」

里沙は、新吉についての詳細を事細かに述べた。

話している間、微動だにせず耳を傾けている野村が、里沙には瞬きさえもしていないように思えた。

「――以上のことを踏まえまして、亡霊の記憶を取り戻す手掛かりを探るため、城を出る許可を野村様にいただきたく存じます」

言い切ったあと、粛として流れる時間に誰もが緊張感を覚える。

煙管を置く音が鳴ると、里沙は居住まいを正した。

「その新吉とやらは、何ぞ害を及ぼす存在なのか」

野村が疑点を問うということは、里沙の話の中で何か引っかかる部分があったのだろう。

それでも里沙は、真実のみを述べるしかない。

「いえ、今のところそのような可能性はございません」

この控え目で気弱な亡霊が、生者に対して危害を加えるとは到底思えない。新吉のすべてを把握したわけではないけれど、少なくとも里沙の目に映る新吉は、ただただ大切な人を思い出したいと願う優しい菓子職人でしかない。

亡霊の性質に問題はないと野村に認められれば、許可が下りるのではないか。そう考えた里沙は、野村を見据える。

「ならば、外へ出る許可など必要なかろう」

だが返ってきたのは、里沙が思うような言葉ではなかった。

「何ゆえ、そうお思いになられるのでしょうか」

見習いとはいえ、里沙の役職は御右筆。御目見《おめみえ》以上の奥女中は、そう簡単に城を出ることなどできないと心得ている。だが以前の亡霊騒ぎの時のように、野村ならば承諾してくれると、黒を白に変えてくれるのではないかと単純に思っていた。

「以前はよくて、なぜ此度は駄目なのかと思うておるな」

「い、いえ、そのようなことは……」

表情や口吻《こうふん》で相手の気持ちを見抜いてしまう野村は、心が読めると言っても過言ではない。このお方の前では、偽りなど通用しないのだ。

「……はい。おっしゃる通りでございます。申し訳ございません」

「なぜ謝る。そなたが疑問を抱いたことに非はないのだから、謝る必要などないわ。ただ、以前そなたに外出許可を与えたのは、亡霊の存在が火の番衆の妨げとなっておったからじゃ」

御火の番の間で起こった亡霊騒ぎの際、里沙に城を出て調査する許可を出したのは、恐怖に苛《さいな》まれて仕事にならないという御火の番のため。ひいては大奥の安泰のためだと野村は言った。

「奥女中が誰も困っておらぬのに、本来なら叶わぬはずの外出をし、その亡霊とやらの記憶を取り戻してやる必要がどこにある」

大奥全般を取り締まる野村だからこそ、不要だと思える事柄に時間を割くのは無駄だと考えている。冷淡に思えるが、野村の意見はもっともだ。

だが、奥女中として己の役目をまっとうしようとするのは、里沙も同じこと。このまま放っておいたら、行き場を失くした新吉はどうなってしまうのだろう。

勇気を出して生者に助けを求めようとしていた新吉の姿を思い出し、里沙は襖の前に目をやった。

萎縮している新吉の横で、佐之介は里沙を見つめている。今ここで、佐之介に自分はどうするべきかと意見を請うことはできない。けれど佐之介と視線を交わすことで、里沙は自分だけに与えられた使命のようなものを強く自覚する。

「私に与えられたお役目は、右筆として懸命に励むこと。そして御幽筆として、助けを求めている亡霊に手を差し伸べ、成仏させてやること。野村様が大奥の取り締まりとして唯一無二の存在であるのと同様に、これは私にしかできないお役目だと心得ております」

「ほう……そなたは私と同等だと申すのか」

野村の短い言葉に肝を冷やした里沙は、すぐさま首を垂れた。

「も、申し訳ございません。決して野村様と同じという意味では、間違ってもそのようなことはございません。その、そうではなく、私は……」

狼狽《ろうばい》する里沙に、野村は控えめな声を立てて笑った。

「そなたは本当に正直で面白いの。今のはほんの戯《たわむ》れじゃ、気にせずともよい」

「た、戯れでございましたか」

安堵した里沙は再び顔を上げ、深く息を吸う。

「では、重ねて申し上げます」

少し心を落ち着けてから、迷いのない目をもう一度野村へ向けた。

「大奥で起きたことを書き残すのは、右筆の仕事でございます。ならば、大奥に現れた亡霊について調査し書き残すのは、御幽筆である私の仕事でございます。それがどんな亡霊であろうと、私に助けを求めてきたのならば、それを払いのける理由がどこにありましょう。亡霊だけではございません。手を伸ばしてくるお方があれば、私はその手を握って差し上げたい。それは奥女中にとって、してはならぬことなのでしょうか」

　里沙は胸中をすべて嘘偽りなく告げた。深く頭を下げたまま、息を呑んで待つよりほかない。

「そうか」と、ひとり言のように吐き出したあと、野村は目を閉じた。

　部屋の外から忙しなく聞こえる女たちの足音が、ひっそりとした部屋に一層響く。

「恐れながら、野村様。此度の亡霊はまだなんら問題にはなっておりませんが、この先もずっとそうだとは限りません。もしかすると、大奥に害をもたらす怨霊となってしまうこともあり得ましょう」

　沈黙に耐え切れず、松が付言した。

　新吉が「俺はそんなことしません」と佐之介に訴え、佐之介は「分かっている。これはお松の助け舟だ」と、新吉を宥《なだ》めた。もちろん里沙も、松は自分のために言ってくれているのだと理解している。

　部屋方が主人に意見することなどあり得ないが、野村と松に限っては例外。松が無礼者と叱責されないのは、二人の間に強固な信頼関係があるからこそだ。

　松の付言に対し、野村は「そうじゃな」とひと言こぼして瞼を開いた。

「お里沙」

「はい」

　里沙も松も、そして新吉も、野村の声にかしこまる。

「私が御幽筆という役目をそなたに与えたのは、お豊に言われたからではない。大奥に必要な存在だと私が認めたからじゃ。であれば、唯一無二の御幽筆であるそなたの言葉を邪険にすることは、己の判断を誤りだったと認めるも同じこと」

　はっと顔を上げた里沙は、目を見開く。

「つまり、それは……」

「これまでもこの先も、私の判断に間違いなどない。そなたがまずやるべきことは、これより御幽筆のお役目に当たる旨をお豊に報告することじゃ。外出は明日。御切手は明朝手配するゆえ、よいな」

「は、はい。ありがとうございます」

　額を畳につけて里沙が謝意を伝えると、新吉も「ありがとうございます」と、野村に向かってその場で腰を折った。

「よいか、お里沙。大奥の使いとして風花堂で菓子を受け取る。これがそなたに与える名代じゃ。それから、御幽筆であるそなたは、これからも城の外へ出る機会が他の奥女中よりも多くなるであろう。そうなれば、特別扱いを受けているのではと妬む者も出てくるかもしれぬ。それでもそなたは、亡霊のために城を出ることを続けるか」

　大奥において、平穏に暮らすためには人間関係を良好にしておくのが好ましく、奥女中の誰もがそうありたいと思っている。だが里沙は、暮らしの安泰を求めて大奥に上がったのではない。誰かの役に立ちたいと願い、奥女中となったのだ。

「はい。誰に何を言われたとしても、私はこれからも私にできることをいたす覚悟でございます」

「そうか、ならば何も言うまい。ただ、此度の外出の際には、使いの他に何か美味しい菓子でも買うてきてくれるといいのじゃが」

ほんの僅かだが、野村が口角を上げたように思えた。

「もちろんでございます」

緊張が緩んだ里沙は松と顔を見合わせ、また野村様の貴重な笑顔が見られたと言わんばかりに微笑み合う。

*

豊にも事の経緯をしっかりと報告した里沙は、翌朝、予定通り奥女中の出入り口である七ツ口が開く朝五ツ（午前八時）に城を出た。

しつこく居座っていた冬の名残がようやく消え、弥生の風には花の香りが含まれている。

花曇りの空を見上げて息を吸い込んだ里沙は、そのままゆっくりと足を進めた。

里沙の左に佐之介、右に新吉と並び、平川門《ひらかわもん》を通った一行は神田橋《かんだばし》を渡って北へ向かい、八ツ小路《やつこうじ》に出た。

「そういえば、新吉さんはなぜ大奥にいらしたのですか？」

柳の木が立ち並ぶ神田川沿いの柳原《やなぎはら》通りを歩きながら、里沙が静かに問う。

「あ、あれはその、ただ……」

「ただ？」

「み、見てみたかったんです。城の中を……」

恥ずかしそうにぽつりとこぼした新吉の透き通る頬は、生きていれば恐らく赤く染まっていたに違いない。

一生に一度は城の中を見てみたい。そう思う者はこの江戸に数多いるだろう。いくら幕府御用の菓子屋といえども主なら兎も角、奉公人が城の中に入れる機会などあるはずもない。

「一生のうちに入ることは叶わないですけど、俺の一生はもう終わってしまったんで。こんな機会はもうないかなと」

「それで、城の中に入ったのですか？」

「えぇ。ですが、いざ入ろうと思うとなんだか気が引けちゃいまして」

自分のような者が気軽に入っていい場所ではない。そう思うとなかなか一歩を踏み出せず城の前をうろうろと歩いたり、中に入るまで結局七月《ななつき》もかかってしまったのだと言う。

亡霊が城に入るのに身分など関係ないのだが、新吉らしい話に、里沙と佐之介は視線を合わせて笑みをこぼした。

「まったく、亡霊になっても情けないままで」

「いいえ、城に入るなど、普通は緊張してあたり前です。私も初めて足を踏み入れた時は、全身が震えましたから」

すれ違う人々に怪しまれないよう、里沙は声をひそめて二人と会話をしながら東へ歩き続け、気づけば浅草御門《あさくさごもん》まで来ていた。床見世や仮小屋が立ち並ぶ両国廣小路《りょうごくひろこうじ》は、以前訪れた時と同様に多くの人で賑わっている。

「この場所も、最初に目にした時は驚いたものだ」

腕を組みながら佐之介がこぼすと、新吉は目を丸くした。

「まさか、佐之介の兄貴はここも覚えてなかったんで？」

素朴な疑問に、佐之介はあっさり頷く。

江戸に住む者なら誰でも知っているような場所でさえ、亡霊として目覚めた時の佐之介は記憶になかった。覚えていないだけなのか、あるいは元より馴染みがないのか、それすらも不明だ。

「そ、そりゃあなんて言うか、その、兄貴にとっては覚えてなくたって問題ないことだったとか、そういう……」

　新吉には砂の粒ほども悪気はなかったのだが、佐之介は想像以上に多くの記憶がない。そのことを知った新吉は、ばつが悪そうに目線を下げた。新吉が失った記憶はたったひとつなので、尚更そう思ってしまったのだろう。

　困っている様子の新吉を見て、佐之介はくすりと笑みをこぼした。

　何がおかしいのだろう。里沙と新吉は顔を見合わせる。

「新吉の言う通りだ」

「えっ？」

「この場所を知らなかったことなど、今の俺にとってたいした問題ではない」

　春風にも負けないほど爽やかな佐之介の口調や表情は、新吉に気を使わせないためだろう。

「佐之介の兄貴」

　記憶がなくとも、佐之介の優しさは生まれながらに持っている性分なのだと里沙は思う。

　けれど、そんな佐之介の綺麗な横顔に、ほんの少しの陰りが見えたような気がした。

　佐之介が側にいることは、もはやあたり前になっていたが、このままでいいはずはない。

　初めて出会った時、成仏する方法を一緒に考えると佐之介に約束したのだから。

　記憶を取り戻し、佐之介もいずれは――。

「お里沙、この先はどうするのだ？」

　はっと顔を上げた里沙の目に、風花堂の暖簾《のれん》が見えた。

　大店とまではいかないが、間口五間《ごけん》の二階建てとなっている。薬種問屋や舂米屋《つきごめや》が多く並ぶ中、ぽつんと一軒だけ交ざっている菓子屋の白い暖簾は、よく目立つ。

「あっ、はい。えっと、野村様の使いでうかがうことはすでに伝えてあるそうなので、折を見て新吉さんの話を聞いてみたいと思います」

　店先の客がある程度はけるのを待ってから、里沙は風花堂の暖簾をくぐった。

「わざわざご足労くださり、ありがとうございます」

　客と話を終えた恰幅のいい番頭の男が出てきて、里沙に頭を下げる。

「いえ、こちらこそ急な話で申し訳ございません」

　急ぎ見舞いの菓子が必要になったので、使いの者を差し向けると風花堂には伝えてあるらしい。

　通常なら店の者に城へ届けさせるのであって、奥女中が城を出て直接店に足を運ぶことなど滅多にない。だが、こうして里沙が風花堂を訪れる機会をもらえたのは、すべて野村の力があってこそだ。

　御幽筆は大奥の中でたった一人だが、野村や豊、いつでも話を聞いてくれる松がいるからこそ、里沙は亡霊のために尽力することができる。決して一人の力ではない。

「では、こちらへどうぞ」

奥の座敷に通されると、風花堂の若い女中が里沙の前に茶を置いた。里沙のうしろには佐之介と新吉が腰を下ろしているが、出された茶はもちろんひとつだけだ。

座敷の縁側の先は奥庭となっているようで、閉められた障子戸の向こうからは、雀たちの集う声や春風に揺れる木々の影、昇りはじめた日差しの温もりが感じられる。

しばらくすると襖が開けられ、海松茶《みるちゃ》色の羽織をつけた六尺（約百八十センチメートル）近い偉丈夫《いじょうぶ》が姿を現した。五十歳前後とみられる男のうしろには、手代らしき奉公人が控えている。

「お待たせをいたしました。伊勢屋風花堂主の、新之助《しんのすけ》と申します」

「野村様の名代で参りました。里沙と申します」

互いに頭を下げると、新之助は早速手代から包みを受け取り、里沙の前に差し出した。

「こちら、野村様より承りました水ようかんにございます」

傷みやすいため早めに食すことなど、新之助が水ようかんについて丁寧に詳説《しょうせつ》してくれた。

風花堂の水ようかんは特別な水を使用しているため、他店にはない滑らかさを出せるらしい。水ひとつで菓子の味が大きく変わってしまうのだと知った里沙は、新之助の話に興味深く頷いた。

一方、里沙のうしろでは新之助の説明と同時進行で、風花堂の水ようかんについて新吉が佐之介に力説している。

「うちの上水は他とはちと違うんですよ。俺も最初に水ようかんを食べた時は、そりゃあもう驚きました。しつこくない甘さで、どれだけ暑かろうが、たとえ食欲がなくともいくらでも食べられますし、喉越しがすっきりしてましてね」

菓子の話になると、人が変わったように喋りが止まらなくなる新吉。その嬉しそうな口ぶりから、菓子に対する思いが伝わってきた。

「それから、他にも菓子をいくつかご所望だとおうかがいしておりますので、こちらにご用意させていただきました」

新之助が言うと、手代が三段の重箱を里沙の前に並べた。

『何か美味しい菓子でも』と野村が言っていたのはこういうことかと納得しつつ、里沙は重箱の中を見つめながら考えあぐねる。

定番の饅頭や大福、最中や落雁や金鍔《きんつば》の他にも、この時季に合う色彩豊かな上菓子が並べられており、重箱の中は花が咲いたように美しい。当然ながら、どれも美味しそうだ。

「うちの優秀な職人と共に、どれも丹精込めて作っております。饅頭は白餡と味噌饅頭が人気でして、こちらの最中は皮に抹茶を入れております。お茶の風味と餡がとてもよく合うと評判でございます」

新之助がひとつひとつ説明してくれているが、里沙のうしろでは新吉がまたもや同時に口を開いている。

「最中は抹茶を混ぜ込んだ皮と甘い餡がいい塩梅《あんばい》だって評判でして、味噌饅頭は安価ですし、甘すぎなくてご老人にも人気なんですよ。白餡は言わずもがな、佐之介の兄貴にも是非食べていただきたいです」

「そうだな。亡霊にも現のものが食べられればいいのだが」

「どうにかして食べることはできないもんですかねぇ」

背後で繰り広げられている二人の会話に思わず緩みそうになった頬を、里沙はぐっと堪えて菓子を見つめた。

「どれも素晴らしいですが、こちらは今の季節に桜を眺めながらいただきたくなりますね」

里沙が気になったのは、桜の花を表した練切《ねりきり》だ。花弁の形が繊細で色合いも白と淡い桜色で美しく、重箱の中でひと際目立っている。

「あぁ、それでございますね……」

華やかな桜の練切に春の明るさを感じた里沙とは反対に、新之助は表情を曇らせて目線を下げた。

同じものを見ているとは思えないほど、二人の面持ちや声色は真逆。だが、里沙がそのことに気づいた次の瞬間にはもう、新之助は元の人当たりがいい商人の顔へと戻っていた。

「そちらは昨年、新吉という手代が考案した菓子でございます。非常に良いできなので、見ていただきたく」

新之助の口から自然と新吉の名が出てきたことに、里沙は驚いた。ここへ来るまでの間、新吉についてどう口火を切れば不自然にならないか悩んでいたからだ。

結局答えが出ないまま新之助と対面しているのだが、ひとつの菓子が思いがけず新吉へと繋いでくれたことに、巡り合わせを感じずにはいられない。

「新吉という男は、どうしようもなく気が小さいうつけ者でして。心配性で、火の始末をしているかどうか気になって夜中に何度も起きて確認しに行くんですよ。それに失敗も多くて、手代になっても腰は低いまま。眉も目尻も下がっているから常に困り顔で」

温顔をもって話す新之助の言葉の中に、新吉を蔑《さげす》むような気持ちはまったく感じられず、寧ろ慈愛に満ちているように思えた。

「ですがね、あいつは菓子のことになると目つきが変わるんです」

うしろにいる新吉は今、どんな表情をしているのだろうか。里沙は振り返りたい衝動を抑えながら、新之助の話に耳を傾け続けた。

「うちにきた頃は掃除や台所、どんな雑用をやらせても失敗ばかりでね……――」

新吉の父親が突然の病で急死したのは、新吉がまだ十歳の時だった。

母親は体が丈夫で針子の仕事もしていたため、食いっ逸《ぱぐ》れるようなことはなかったのだが、養う人数は少ないほうがいいに決まっている。

そう考えた新吉は、母親と六つ下の弟の暮らしが少しでも楽になるよう、そしていずれは自分が稼いで家族を支えられるように、十一歳で風花堂の奉公人となった。

ここまでは新吉本人の口からも聞いていたが、生前についての詳しいことは里沙も佐之介も聞き及んでいない。

新之助によれば、新吉は井戸から水を運んではこぼし、縫い物をさせれば自分の指を刺し、使いを頼めば何を買うのか忘れて戻ってくる始末。喋りも下手で、同じ奉公人の間でも少々浮いてしまうような存在だったと言う。

「それでも、私は毎日泣いていた新吉に根気よく言い聞かせ続けたんです。つらくて逃げたいと思うならいつでも暇をやるし、別の奉公先も紹介してやる。だが、悔しいと思うのなら人の倍励めとね」

大きな体からは想像がつかないほど優しい声で、新之助は語った。

「泣いてばかりだった新吉ですが、年を重ねるごとに少しずつ成長していきましてね、うちにきた頃とは比べものにならないほど、段々と失敗も減っていったんです」

そして新吉が奉公人となって五年がすぎ、新之助が新しい菓子の考案をしていたある日のこと。

たまたま側にいた新吉に、新之助は思いつきで練切を作らせた。もちろん売り物にするためではない。そろそろ餡炊きを仕込もうと思っていたので、その前に少し菓子について教えてみようという軽い気持ちだったのだと言う。

「こし餡を練切で包み紅梅を表した上菓子なんですが、それはもう驚きましたよ」

「と、言いますと？」

「えぇ、新吉は細い指先を器用に使って、いとも簡単に紅梅の練切を作ってしまったんです」

新之助はどこか誇らしげに顔を上げ、在りし日の姿を思い浮かべるように、奥庭へと続く障子戸に目をやった。

「練切は、何度もこねくり回してしまうとどうしても味が落ちる。ですが、美しい形を丁寧に表現することも大事なことで、素早さと繊細さ、両方の技術が必要なんです。まだ十六歳だった新吉は、初めての練切でそれを見事にやってみせたんですよ」

振り返ることはできないけれど、驚きながら新吉に目を向ける佐之介と、照れくさそうにうつむく新吉の顔が里沙の脳裏にありありと浮かんだ。

「私や他の職人たちの菓子作りを、新吉は己の仕事をしながらずっと見ていたんです。巧みの技は背中を見て覚えろとよく言いますが、新吉はまさにそうでした。私は新吉を不器用だとばかり思っていたのですが、違ったんです。新吉は人より劣る部分も多く、苦手なことばかりでしたが、菓子作りにおいては誰よりも素質がじゅうぶんにあったんです」

それから新吉は、雑用の合間に菓子作りを教わるようになり、本人の努力もあってめきめきと腕を上げていったのだと新之助は言った。

「何より新吉は菓子が、風花堂が好きでした」

新之助は、膝の上にのせている拳を強く握った。

「新吉さんは今、どうしていらっしゃるのですか」

里沙があえてそう尋ねると、新之助は小さなため息を漏らし、

「昨年、この桜の練切を作った少しあとに、亡くなりました」

視線を重箱へと下げた。追想するような新之助の表情に胸が締めつけられ、新吉のために尽力したいという里沙の思いは一層強くなる。

「新吉が亡くなったのは葉月の一日、ご存じの通り八朔《はっさく》です。お城は儀式やらなにやらで賑わうようですが、その時期はここらも大賑わいでしょう？」

「はい。そうですね」

八朔とは、天正十八年に徳川家康《いえやす》公が初めて江戸に入った日を江戸城にて祝う大切な行事のことだ。

とはいえ、庶民が特別何かを行うことはないのだが、八朔についてはもちろん誰もが知っている。加えて、川開きの皐月は二十八日から葉月の二十八日までは大川に花火が上が

るため、両国橋界隈には多くの人が詰めかける。

里沙は幼い頃に一度だけ、祖母と両国橋で花火を見たことがあるのだが、それはもう凄い人出だった。祖母の手を離したら一生会えなくなるのではと思い、怖くなったことを里沙は覚えている。

「店はだいたい暮れ六ツ（午後六時）には閉めるんですが、出す菓子がなくなればその前に終いなんです。あの日もそうでした」

夕七ツ半（午後五時）には売り切れてしまったので、新之助は皆に仕事を早く切り上げさせた。

『たまにはゆっくり花火でも見て楽しみなさい。しかも今日は八朔だからな』

そう促した新之助自身も、近くの料理屋に家族や番頭らと出向き、二階で料理と花火を楽しんだと言う。

「私はてっきり新吉も花火を見に行ったのだと思っていたのですが、料理屋に入って半刻ほどでしょうか……見たんです」

「見たとは、何をですか？」

里沙が問うと、新之助は苦痛に耐えるように顔を歪めた。

「新吉です。風呂敷包みを大事そうに抱えて、柳原通りを西に向かって走っていった新吉を、料理屋の二階から」

噛みしめた唇が、悔しそうに震えている。

「それから更に半刻経った宵五ツ（午後八時）頃のことです。新吉が死んだとの知らせを受けたのは。新吉は、川で溺れそうになっていた子供を見つけて飛び込んだそうです。でも、子供を助けた新吉はそのまま……」

新吉自身の口からは溺れて死んだとだけ聞いていたため、里沙は驚いた。

「子供を助けて？」

「えぇ、そうです」

人が大勢集まれば集まるほど、様々な問題が起こるのは当然のこと。喧嘩は言うまでもないが、子供の迷子も少なくない。大抵の場合は誰かが番屋に連れて行って事なきを得るのだが、溺れた子供はそうではなかった。

親とはぐれてしまい、探しているうちになのか、あるいは親に似たうしろ姿を追って行ってしまったのか、いつの間にか土手に辿り着いていた子供は、そこで足を滑らせた。

「目撃した者の話では、新吉は一切躊躇うことなく川に飛び込んだようで」

日が沈みはじめても、町中にはまだ行燈や提灯がある。そのため、何も見えなくなるほどの暗さを感じることはないだろう。だが、川辺となれば話は別だ。

同じ刻限であっても、表通りと川辺に立つのとでは見える景色がまるで違う。夜の帳《とばり》に包まれた月明りさえない水面は、人々の目に黒く映る。そこへ飛び込むということは、底のない漆黒の闇へ自ら落ちるようなものだ。

親であれば迷いなく行くだろう。けれど、果たして赤の他人にそれができるのか。

「新吉のやつ、泳げないのに……」

新之助の目に光るものを見た里沙は、こみ上げてくる涙を必死に堪えた。

できることなら今すぐ振り返りたい。子供の命を救った新吉に、誰にでもできることではないと伝えたいけれど、生者の前で死者に声をかけることはできない。

里沙が指先で目元を拭うと、その思いを察したかのように佐之介が口を開き、

「新吉。そなたは立派だ」

ただひと言、そう告げた。

「新吉さんは、とてもお優しい方だったのですね」

目の前にいる新之助にも、うしろに座っている新吉にも届けるように、里沙は言った。

「はい、本当に優しい男でした。私はね、優しさや思いやりというのは、人にとって一番大切なことだと思っているんです。新吉は、その大切な部分をたくさん持っている男でした」

「新之助さんのお話を聞いているだけで、新吉さんのお人柄がよく分かります」

「菓子職人として立派に成長していく新吉を、もっと見ていたかったんですが……。今は、三年前からうちに通ってくれている新吉の弟の千二郎が、頑張ってくれています」

「弟さんが？」

「はい。これが新吉とは正反対の性分でしてね。しかし、兄弟揃《そろ》って優しく真面目なことに変わりはありません」

里沙と新之助は各々、新吉という風花堂の手代を瞼の裏に浮かべながら、暫し無言で重箱を見つめた。

「すっかり話が逸れてしまいましたね」

思い出したように沈黙を破り、新之助が顔を上げる。

「新吉が考えたこの桜の練切は、私にとっても大切な菓子なんです」

「そうだったのですね。桜色と白の優しい色合いが新吉さんの人柄を表しているようで、とても綺麗です」

「ありがとうございます。そう言っていただけると、死んだ新吉もきっと喜んでくれるに違いありません」

「ありがとうございます。お里沙さん」

新之助に続いて新吉の声がうしろから聞こえると、里沙はにこりと微笑んだ。

それから里沙は土産にする菓子を最中に決め、ふたつに分けた包みを手渡される。

「お忙しいところ、本当にありがとうございました」

「こちらこそ、お里沙さんにはなんの関係もない話だったのに、真剣に聞いてくださりありがとうございました。しかし、あいつはあの時、いったい何をどこに持って行こうとしていたのか……」

最後にぽつりと呟いた新之助の言葉が、立ち上がろうとしていた里沙の腰を再び下ろさせた。

「心当たりはないのですか？」

「えぇ。店の風呂敷包みを持っていたのは見たんですが、子供を助けた時に荷物は全部流されてしまったようで」

新吉自身もまた、自分が何をどこに持って行こうとしていたのか分からないと言っている。つまり、亡くなった時に新吉が持っていたものも向かっていた先も、失った大切な誰かに繋がっている可能性が高いということ。なぜなら、新吉の失った記憶とまったく無関係なのであれば、覚えているはずだからだ。

「私としたことが、またつまらない話をしてしまい、すみません」

「いえ、大切な話を聞かせてくださり、ありがとうございました」

座敷を出た里沙を、新之助が店先まで見送りに出てくれた。

子供を連れた母親、休憩がてら立ち寄った職人、甘いもの好きの娘たち。風花堂には今日も多くの人々が菓子を求めてやってきている。

「最後にひとつだけ」

里沙は隣に並んでいる新吉を一瞥してから、新之助に目を向ける。

「新吉さんに何か伝えたいことがあるのなら、今おっしゃってみるというのはどうでしょうか」

「……え？」

「言葉にすれば、きっとその思いは新吉さんにも伝わると思います」

新之助が驚くのも無理はないけれど、今ここで新之助が思いを伝えれば、その言葉は直接新吉に届く。菓子職人として大切に育ててくれた新之助の言葉を、新吉に届けてあげたいと里沙は思ったのだ。

「確かに、そうかもしれませんね」

あまりに真剣な里沙の言葉をすんなり信じたのか、それとも新之助自身が言葉にしたいと思ったのか。恐らく後者なのではないかと里沙は思うが、どちらにせよ、里沙と向かい合ったまま新之助は素直に口を開いた。

「新吉は、千太《せんた》という名でした。それが手代になる際、私の新の字を取って新吉にしたんです。自分の倅《せがれ》ではなく、千太に。千太なら、あと十年もすれば江戸で一番の菓子職人になれるかもしれない。いや、なれるだろうと私は確信したんです。だから、いずれは独り立ちさせて暖簾分けをするつもりでした」

新之助は、涙を堪えるように空を仰いだ。いつの間にか雲は消え、穏やかに晴れた春天が広がっている。

「新吉……早くに父親を亡くしてつらかったろう。それでもお前は悲しみに暮れることなく、母と弟のために懸命に働いた。私はね、そんな新吉を自分の息子のように思っているんだ。だから、こんなに早く死ぬなんて……お前はなんて莫迦なんだ」

里沙の横で、すすり泣く声が聞こえた。

「……でも、新吉がうちの奉公人で本当によかった。風花堂は私一人の店ではなく、働いてくれる皆がいるからこそ成り立っている。新吉も、店を支える大切な一人だったのだよ。この先、私がいずれそっちに逝った時には、お前の作った菓子を食べさせておくれな……新吉」

青い空に新吉の顔が見えたのか、新之助は子を思う親のような温和な笑みを浮かべた。

「あ、ありがとう、ございます……。旦那様、ありがとうございます。俺のほうこそ、旦那様のもと、風花堂で働くことができて、菓子作りをさせてもらえて、本当に本当に幸せでございました」

声を震わせながら、新吉は頭を下げた。

「新之助さんのその思いは、きっと新吉さんに伝わっていると思います」

「そうだといいんですがね」

そう言って笑う新之助に、新吉は暫し頭を下げ続けた。

第二章　呪われた側室

　風花堂を離れた三人は、両国廣小路から南へ向かって歩いた。新吉《しんきち》の胸中を思う里沙《りさ》と佐之介《さのすけ》は、何も語らずただ新吉の背中をゆっくりと追う。

　風花堂という菓子屋がなぜ評判なのか、里沙はこの四半刻ほどでよく分かった気がした。味はもちろんだが、主の新之助《しんのすけ》の人柄も大きく関係しているのだろう。

　いくら味が良くても、主が性悪であれば店全体の雰囲気が悪くなる。実際、多くの店がひしめく江戸には、巨利をむさぼるためだけに良からぬことを働く主もいる。卑劣な扱いを受けて苦しむ奉公人も少なくはないだろう。だが、そういう店は必ずと言っていいほど、店全体の質が落ちるものなのだ。

　けれど新之助は、奉公人同士のいざこざは決して許さず、風花堂で働く者は皆家族同然という考えを持った主だ。だからこそ、風花堂は多くの人々に愛される菓子屋となった。

「俺みたいな男が、旦那様にあんなふうに思ってもらえていたなんて、知りませんでした」

歩きながら、新吉がぽつりと呟いた。

「本当に、いい旦那様ですね」

「はい。風花堂は毎朝、『真心を込めた商いを』という旦那様の言葉で一日がはじまるんです」

「素敵な言葉です。風花堂さんには、この先もずっと江戸の人々に愛される菓子を作り続けてほしいですね」

「それなら大丈夫ですよ。若旦那様もとても心根の優しい方でして、旦那様の信念はこの先も引き継がれていくと思います」

「そうですね。千二郎《せんじろう》さんも、きっと新吉さんの思いを引き継いでくださっているのではないでしょうか」

「いやぁ、千二郎は器用だが、まだまだ粗削りですよ。ですが、俺と違って算盤《そろばん》はそりゃあ見事なものでして。……ただ」

春の日差しが煌めく大川《おおかわ》に目を向けながら、新吉は切なげに心の内を吐き出した。

「本音を言えば、俺は……菓子を作り続けたかったです」

もしかすると、風花堂はこれからもっと大きな店になるかもしれないが、そこに新吉という菓子職人がいないのは残念でならない。

「まぁ、今更そんなことをぼやいてもしかたないですよね。それより、俺はあの日いったいどこに行こうとしていたんでしょうか」

未練をかき消すように笑って見せた新吉は、ゆっくりと足を進めながら首を捻った。

「思ったのですが、風呂敷包みに入った何かを持ってどこかへ急いでいたということは、新吉さんはそれを大切な誰かに届けようとしていたのではないでしょうか」

「どこに行こうとしたのか覚えていないんで、そうなのかもしれませんね」

「えぇ。新吉さんが覚えていないことは、すべて大切な誰かに繋がっているのだと思います」

「……あの、やっぱり記憶が戻らないと、成仏もできないんですかね」

「断言はできませんが、私はそう考えております」

新吉が成仏するためには、恐らく失った記憶を思い出さなければならないだろう。その上で、素直な自分の思いを言葉にする必要があると里沙は考えている。

それを教えてくれたのは、昨年成仏した成明だ。成明の時は、僅かな違和感に里沙が気づけたので、そこから真実を導き出すことができた。だが、新吉の場合はいったいどうしたらいいものか。

「手掛かりになるような何かが、少しでも分かるといいのですが」

右側に武家屋敷が並ぶ通りに差し掛かると、風にのってやってきた桜の花弁が、里沙たちの前を横切った。

すると、二人の会話を静かに見守っていた佐之介が、ふいに立ち止まる。

「新大橋……」

顎に手を当て、深川へと続く橋の先を見つめた。

「佐之介さん？　橋が、どうかなさいましたか」

「いや、たいしたことではない」

「おっしゃってください」

里沙は笑顔を消し、口を閉ざそうとした佐之介を促した。

佐之介の記憶を取り戻すことも、もちろん忘れてはいない。ただ佐之介の場合は殆ど何も覚えていないため、些細なことでも何かあるのなら聞いておきたいのだ。小さなきっかけが、思いがけず大事な記憶へ繋がるかもしれない。

佐之介は「取るに足らないと思うが」と前置きをしてから、再び新大橋に目を向けた。

「おかしな夢を見たのだ。夢、と言っていいのかも分からないが」

「もしかして、佐之介さんがうなされていた今朝の」

頷いた佐之介は、自分が見た夢らしき内容をそのまま里沙に伝えた。

顔の見えない二人の女と、黒い影を持つ一人の男。夢だというのに、言い知れぬ憎悪が己の心の内側で湧き上がるのを感じたこと。嫌な空気をまとったその男に顔の分からない一人の女が斬られそうになっていたのだが、自分はなぜか守りたいと強く思ったこと。

「それってもしや、佐之介の兄貴にとって大切な人だったとかじゃありませんか？」

「いや、顔も何も分からないのに、そんなことあろうはずが……」

「ない、とは言い切れないと思います。今の俺がそうですから。なんだかさっぱり思い出せないのに、ただ大切だったってことだけは分かるんで」

新吉の言う通り、大切だからこそ夢の中で何かを感じ取り、本能的に守りたいと思ったのかもしれない。

当然ながら、佐之介には里沙の知り得ない人生があった。それゆえ、大切に想う人がいたとしてもなんらおかしくはない。

あるいは、その人を思い出すことで、佐之介は……。

そう思い至った途端、胸の奥に強い痛みが走った。外的なものではなく、内側の深い部分が締めつけられるような痛みだ。

「お里沙、どうした」

両手を胸に当ててうつむいた里沙を案じ、佐之介が顔をのぞき込む。

「いえ、なんでもございません」

里沙は慌てて顔を上げたが、なぜか上手く佐之介と目を合わせることができないまま、自分の気持ちを誤魔化すように続けた。

「思ったのですが、それは夢というよりも、佐之介さんの記憶を取り戻すための何かを示唆してくれたのかもしれません」

「なるほど。この姿になってから夢は疎《おろ》か、眠ること自体なかったからな。確かに、そう考えたほうが腑に落ちる」

亡霊に睡眠は不要だが、里沙が眠っている間、佐之介も目を瞑ること自体は多々ある。だがそれは眠るというより無の状態になっているだけなので、夢を見ることは決してないそうだ。

「はい。ですから佐之介さんの夢については後ほど改めて、ひとつひとつ思い出しながら整えましょう」

夢らしきものはひとつの手づるでしかないため、今この場で結論を出すことはできない。佐之介の場合、ふいに記憶が蘇りでもしない限り、消えてしまった数多の欠片《かけら》を取り戻すにはそれなりの時間を要するのだ。

「そうだな。すまない新吉、まずはそなたのことを考えるのが先だ」

「いえ、俺なんかより、佐之介の兄貴のほうがずっと……」

「新吉、失くしたものの数でその価値を測ることなどできはしない」

佐之介の手が、身をすくめた新吉の肩にのる。

「そなたの記憶を取り戻し、成仏させるのがお里沙の務めならば、そのお里沙を支えるのが今の俺の使命だ。ゆえに、俺のことは気にするな」

新吉に向けた佐之介の言葉は、里沙の心にも深く沁みた。先ほど感じた痛みなどすっかり雲散《うんさん》し、胸の中が晴れ渡るほどに。

「兄貴……。佐之介の兄貴は、まことに凛々しくていなせなお人でございます。役者も捨てがたいですが、兄貴はやはりお武家様が似合いますね」

両手を顔の前で合わせ、拝むように頭を下げた新吉。

「戯《ざ》れ言《ごと》はよい。それよりもお里沙、次はどうするのだ」

面映《おもはゆ》さを隠すように背を向けた佐之介がおかしくて、里沙の顔が思わず綻ぶ。

「このまま新大橋を渡って、南六間堀町に向かおうと思います」

「つまり、新吉の家に行くのか」

「はい。ご家族にもお話をうかがいたいので」

どんなに小さなことでも、新吉の大切な誰かに繋がるような話が聞けるかもしれない。

「お里沙さんは奥女中だってのに、俺なんかのことでお手を煩わせてしまって、申し訳ないです」

恐縮する新吉をもう何度も見ているが、言わずもがな、里沙は此度のことを煩わしいなどとは少しも思っていない。

「やめてください。新吉さんを救うのは、私の務めなのですから」

それどころか、自分は亡霊たちに役目を与えてもらっているのだと捉えている。

「さぁ、参りましょう」

新大橋を東へ渡り、深川元町《もとまち》のすぐ先が南六間堀町となる。

新吉の案内により表通りから長屋の入り口である木戸の前に立った里沙は、一度気持ちを落ち着かせてから木戸をくぐる。

九尺二間《くしゃくにけん》の棟割長屋《むねわりながや》が背中合わせで八軒と、その向かいに二間二間の割長屋が五軒並んでいる。

「ここです」

棟割長屋の一番奥、その先には井戸や厠《かわや》や稲荷、長屋の住人たちが干した手拭いなどが見える。

長屋に桜の木は立っていないのだが、地面には所々桜の花弁が落ちていた。風にのってどこからか飛んできたのだろう。

息を整えてから障子戸に手をかけようとしたちょうどその時、中から「ガタン」と小さな音が聞こえ、次いで戸が開いた。

「あらっ」

目の前に人が立っていることに驚いた女はびくりと肩を上げ、控えめに声を漏らす。

「大変失礼いたしました」

落ち着いた鶯茶《うぐいすちゃ》の縞小袖がよく似合う新吉の母、喜代《きよ》に向かって、里沙は深々と頭を下げた。新吉の優しげな目元は、母親譲りだとよく分かる。

「私、里沙と申します。実は風花堂さんから新吉さんのお話を聞きまして」

そう切り出し、よければ新吉について話をうかがえないかと訊ねたところ、快く受け入れてくれた。

訝しく思われなかったのは、里沙の身形《みなり》や言葉に不審な点がなかったことと、息子の話を聞きたいという者の願いを断りたくはないからだろう。

中に入り、上がり框《かまち》に里沙を促した喜代は、「安物ですが」と言いながら茶を差し出した。それに対し、里沙は最中が入っている包みのひとつを喜代に手渡す。風花堂でふたつに分けたのは、このためだ。

「風花堂さんから、お話をたくさん聞かせていただきました。新吉さんはとてもお優しい方だったのですね」

新之助から聞いた新吉の人柄などを伝えると、喜代は時折目元を拭いながら何度も頷いていた。

「本当に、優しいだけが取り柄の子だと思っていたんですが、あの子に菓子作りの才があったなんてねぇ。旦那様から聞いた時は、そりゃあもう驚きました」

新吉は小さい頃から気が弱く、常に怯えているような子で、読み書きや算盤もなかなか上達しなかったのだと、喜代は懐かしむように笑った。

喜代の口から語られる言葉は殆どが新之助の話した内容と同じで、新吉の穏やかで気の優しさがよく分かる話だった。

「親より先に死ぬなんて、とんでもない親不孝者ですよ、あの子は」

「お喜代さん」

新之助と同じことを口にする喜代。親にとって子が亡くなることがどれだけつらいか、それは成明の時に心の底から実感したことだ。

里沙は袖で涙を拭う喜代を慰めるように、肩にそっと触れた。

「でもね、あたしは新吉を誇りに思っていますよ」

見えることはないが、顔を上げた喜代の視線の先には新吉がいる。

「あの子が溺れている子供を見捨てるような薄情な人間じゃなく、優しい心を持った男に育って、あたしは……」

「おっかさん」

喜代の目からぽとりとこぼれ落ちた雫が、土間に小さな丸い染みを作る。そんな母の姿を目にした新吉もまた、溢れた涙を土間に落とす。だが、新吉の涙がそこに染みを作ることは決してない。

「もし見て見ぬふりなんてしていたら、あたしがあの子を川に落としてやるところでしたよ」

喜代は悲しげに笑った。新吉もまた、「それは勘弁してくれよ」と泣きながら笑う。母と息子の下がった目尻は、とてもよく似ていた。

「おっかさん。俺、おっかさんの子に生まれて幸せでした。どうか体に気をつけて長生きしてください。そして、千二郎を頼みます」

頭を下げた新吉を見て、里沙は口を開く。

「お喜代さん。話を聞かせてくださり、ありがとうございました。優しい新吉さんのことですから、きっと自分の分までお喜代さんに長生きしてほしいと、そう思っているに違いありません」

新吉の声を聞くことのできない喜代に、里沙はそう伝えた。

「えぇ、生きますとも。千二郎と共に、新吉の分まで」

表情に悲哀を漂わせながらも、喜代は精一杯の笑みを浮かべた。

喜代の強さと優しさが、里沙には眩しく映る。

——自分が死んだ時、母は何を思うだろう。

一瞬過《よぎ》った疑問を自らかき消した里沙は、喜代に頭を下げてから外へ出る。

隣の部屋から小さな子供の泣き声と、宥める母の優しい声が聞こえてきた。新吉の幼い頃もきっと、ああして母にあやしてもらっていたのだろう。

「最後にひとつだけお聞きしたいのですが、新吉さんにはお喜代さんや千二郎さん、風花堂の皆さんの他に、大切に想っている人はおられましたか？」

　母であれば何か知っているかもしれない。そう思ったのだが、喜代は考える間もなく「そんな話は聞いたことないですね」と、首を横に振った。

「人付き合いが上手いとはいえない子だったから、風花堂の方々以外で大切な友と呼べるような人は、多分いなかったと思います。独り身ですから嫁はもちろん、許嫁《いいなずけ》も、心を通わせた人もいやしませんでしたよ」

　期待していた情報を得られなかった一行は喜代に別れを告げ、再び新大橋を西に渡った。

「せっかくこうして城の外に出てくださったのに、何も分からず仕舞いで無駄になっちまいましたね。すみません」

　あくまで喜代の知る限りではということだが、手掛かりを掴むことができずに新吉は分かりやすく肩を落としている。

「いいえ、分かったことはありましたよ」

　新大橋の途中で欄干に手を置いた里沙は、うしろを歩く亡霊二人を振り返った。

「新吉さんに大切な人がいたかどうか、お喜代さんはご存じなかった。ということは、逆に考えればよいのです」

「逆とは、なんです？」

　新吉は小首を傾げたが、佐之介は腕を組みながら二度ほど頷いて見せた。どうやら佐之介も同じことを考えていたらしい。

「新吉さんの忘れてしまった記憶の中にある大切な誰かは、お喜代さんには心当たりのない人だということです」

つまり、近くに住む者や昔からの知り合い、顔見知りなどではないということ。母である喜代が、かかわることのできないところにいる人なのではないだろうか。

新吉が実家へ帰るのは薮入《やぶい》りの時だけで、それ以外はずっと奉公先で過ごしているということを考えると、風花堂が関係している確率が最も高い。

「なるほど。俺が風花堂で何をしてるのかなんて、おっかさんは知らないわけだから、そりゃあ『いない』って答えますよね」

合点がいった新吉は、曇り空の隙間から光が差したのを感じ、安堵のため息を漏らした。

「はい、そういうことです。けれどあともう少し、何か糸口があればいいのですが」

奉公先となると風花堂の女中か、それとも贔屓筋《ひいきすじ》か、相手として考えられる可能性は色々とある。ただ、主の新之助は、それらしい人物がいたとは言っておらず、話題にものぼらなかったけれど……。

新大橋を渡り切り、里沙と佐之介は難しい顔をしながら互いを見やった。

「あの、俺、実はまだ話してないことがひとつありまして」

立ち止まった新吉が、ぎこちない視線を里沙と佐之介に向けた。

「で、でも、取るに足らないことだと思うんで」

「それでも構いません、教えてください」

語気を強めた里沙は、眉を寄せながらぐいっと新吉に近づいた。いつもは穏やかな里沙の顔に、気迫がみなぎっている。

正面から近づいてきた娘二人が、そんな里沙を訝しげに一瞥しながら通り過ぎた。他者の目に亡霊は映らないため、怪しい女だと思われたのだろう。気まずそうに頬を赤らめる里沙に代わり、若干笑いを堪えながら佐之介が付言した。

「どんなに小さなことでも、情報は多いほうがより答えに近づける。話してみろ」

「は、はい。えっと、実は先ほど旦那様が説明していた桜の練切のことで」

菓子作りの才能を開花させた新吉が考案した、菓子のことだ。

「あれは俺が考えたもんで間違いありませんが、でも、分からないんです」

「分からないというのは？」

里沙が聞き返すと、新吉は「はい」と頷いてから視線を合わせた。

「なんであの菓子を作ろうと思ったのか、なんであれにしたのか、どうしても思い出せないんです」

「練切で桜を表現したら綺麗だから、とかではないのですか？」

当然そう考えるのが自然だろう。だが新吉はかぶりを振った。

「いえ、もちろん桜が綺麗だということに違いはないんですが、そうではなく、季節が合わないんですよ」

新吉があの練切を考案したのは、亡くなる少し前。それは新之助も話していた事実だが、だとすると、文月に桜はおかしすぎると新吉は言った。

「俺だって一応菓子職人です。季節を感じられない菓子など、作ろうとは思いません」

風花堂では定番の菓子の他に、季節ごとに売り出している品も多々ある。

桜餅、草餅、花見用の団子などはもちろん桜が咲く頃に。秋には月見団子や薩摩芋を使った菓子、正月には干支や松竹梅など縁起の良い形を菓子で表したりもする。

そして暑さが日に日に増し、空気も湿る小暑の頃であれば、それこそ水ようかんや寒天を使った菓子など見た目にも涼しい品を作るだろう。それなのに、とうに散ってしまった桜を表した練切を考案するなどあり得ないと新吉は言った。

「あれは俺が考えたんですが、でも俺は、文月に桜なんて作ろうとは思いません。そもそも考えもしません。だから分からないんです」

文月に新吉が桜の練切を作ったという点は確かで、そこに偽りはないはずなのだが、いったいどういうことなのか。

「お里沙も新吉も、これはそう考え込むことではないと俺は思うが」

揃って首を捻る里沙と新吉に、佐之介は分かり切ったように言い放つ。

「新吉が失った記憶はひとつ。大切な誰かのことだけ、それに間違いはないな？」

確認するよう問いかける佐之介に、新吉は迷いなく頷いた。

「だったら、理由を思い出せないその菓子も、失った記憶と関係があるということだろう」

佐之介の言葉を受けた里沙は目を見開き、「あっ」と声を上げた。鍵のかかっていた戸が僅かに開き、一歩二歩と前に進めたような感覚が走る。

「そうです、佐之介さんの言う通りですよ！」

「いや、あの、俺には何がなんだか」

喜ぶ里沙の横で、新吉は己の月代を撫でながら困惑した表情を浮かべる。

「お亡くなりになった日、何を持ってどこへ向かっていたか分からないとおっしゃったのは、新吉さんの失くした記憶と関係があるからですよね。だとしたら、その持っていた風呂敷包みの中身というのは、新吉さんがお考えになった桜の練切だった可能性はありませんか？」

中身が記憶となんら関係のないものであれば、何が入っていたのかは覚えているはず。分からないということは、記憶にない菓子。つまり、なぜ作ったのか覚えていない桜の練切だったと考えれば、説明がつく。

「作ろうとは思わないと、新吉さんご自身がおっしゃった練切をわざわざ作ったということは、季節外れだと分かっていても、どうしても作りたかったということなのではないでしょうか」

「というと、つまり……どういうことでしょう」

いまいちぴんときていない新吉が、聞き返す。

「あの桜の練切は、新吉さんが忘れてしまわれた大切な人のための菓子だったということです」

誰かを想って作ったからこそ、あのような美しい上菓子になったのではないかと里沙は言った。

「じゃあ俺はあの日、大切な誰かのために作った菓子を持って、その人のもとへ向かっていたってことなんでしょうかね」

実感がまったくないからか、新吉の言い振りはどこか他人事《ひとごと》のようだ。

「私はそのように考えています」

新吉が考えた菓子も、八朔の日に向かっていた場所も、新吉が覚えていないことはすべて、新吉の失ったたったひとつの記憶である大切な人へと繋がっているということ。

新吉が移した視線の先、大川には、風にのってやってきた桜の花弁が無数に浮かんでいる。見事な花筏《はないかだ》だ。

橋を渡る人々の中にはつい足を止め、川面をのぞいてしまう者も多くいる。だが、年に数日しか見られない光景に目を輝かせる人々とは対照的に、新吉は物悲しそうに目をしぼませた。

命を落としてから半年以上、失った記憶を探し求めてきたが見つからず、もうやめようと投げ出したとしても、成仏することも叶わない。大切な人がいたというのは確かなのに、影すら思い出せないつらさやもどかしさは、新吉自身が一番感じているはずだ。

「大丈夫ですよ、新吉さん。記憶が消えてしまったとしても、新吉さんの心の奥底には必ずその方がいるはずですから。きっかけさえあれば、きっと思い出せます」

「本当にそうでしょうか。俺は、思い出せる気がちっともしないんですよ」

徒《いたずら》に過ぎ行く日々の中で見えないものを追いかけていると、どうしようもない虚無感に襲われることもあるだろう。徒労《とろう》に終わるのではないかという不安も湧いてくる。それでも里沙は、共に悩み考えながら、新吉の大切な記憶を取り戻してやりたいと思っていた。

「新吉さんが諦めてどうするのですか。今日一日だけで分かったこともたくさんあるのですから、どうかご自分を信じてください」

初めて声をかけた時、『ありがとうございます』と言いながら目に涙を浮かべた新吉の思いに応えたい。そのためには、思い出したいという新吉の強い意志が必要なのだ。里沙がどれだけ江戸中を走り回ったとしても、思い出すのは新吉自身。新吉が諦めてしまったら、何も見えてこないのだから。

そんな里沙の心中を汲んだ佐之介が、新吉の肩に手を置いた。

「無理だと思いたくなるそなたの気持ちはよく分かる。だがな新吉、そなたはもう一人ではない。こうして力を貸してくれるお里沙がいるのだから、諦めるな。成仏できずにつらい思いをしている亡霊を一人でも救ってやりたいという気持ちは、俺も同じだ」

「お里沙さん、佐之介の兄貴……」

手の甲で目元を拭った新吉は、丸めていた背を伸ばし、顔を上げた。

「お二人とも、ありがとうございます。どこをどう探せばいいのか分からないですが、お里沙さんの言うように分かったこともあるので、それを手掛かりに、失くした記憶を探してみます」

「そうです。新吉さん、その意気です」

里沙は鼓舞するように両手の拳を顔の前で握り、嬉しそうに笑みを浮かべた。

「私は風花堂さんやお喜代さんの話を今一度まとめて書き記し、そこから何か見えてくるものはないか熟思しようと思っております。野村様に届ける菓子もありますから、ひとまず城へ戻ろうと思うのですが」

「俺は考えるよりも、このまま江戸の町に残ってぶらぶらと歩いてみようと思います。そうしている間に、呼び起こされるもんがあるかもしれないんで」

大切な誰かが好きだった菓子、誰かと歩いた道、誰かと見た景色、誰かの声。共に過ごした時間があるのなら、頭では思い出せなくても何か感じるものがあるかもしれない。

「そうだな。あまり記憶に囚われすぎず、頭を空にしてそなたの生きてきた過去を巡ってみると、案外唐突に浮かび上がるものもあるかもしれん」

「はい。佐之介の兄貴も、夢のことが何か分かるといいですね」

「あぁ」と返した佐之介の表情はいつもと変わらず冷静で、新吉のように不安を抱いているのか、それとも早く思い出したいと焦っているのか、はたまた本当に何も感じていないのか、まったく読み取れない。

もし何も思い出せなくても、一通り町を歩いたら必ず一度大奥に戻るよう里沙は新吉に告げた。

そして改めて風花堂の周辺へ行くと言った新吉は北へ、里沙と佐之介は城へ向かうべくここで別れた。

江戸は絶えず賑わいを見せているが、それが桜の季節になると一段と花めいて見える。微かに新緑の香りを含む温かい春風と、町を彩る桜色が人々を引きつけるのだろう。

桜というのは、儚いからこそ余計に眺めていたくなるもの。いつか、消えてしまうからこそ……。

里沙はちらりと隣を見上げた。

「お里沙、こちらの道でいいのか？」

「えっ、あ、はい」

図らずも目が合ってしまい、里沙は咄嗟に前を向く。

気づけば北新堀町を抜け、湊橋《みなとばし》の前まで来ていた。この橋を渡れば、呉服橋《ごふくばし》に向かう間に八丁堀《はっちょうぼり》の組屋敷がある。里沙が生まれ育った家がある場所だ。もちろん今も家族はそこに住んでいる。

奥女中となって以降、前にもここを歩こうとしたことがある。だがその時は、家の近くを通ることを里沙の心と体が拒み、重くなった足を動かすことができなかった。

兄や妹に遭遇して暴言を吐かれる可能性があったからではなく、母親に出くわすのが怖いと思ったからだ。それは、母親に見えないものとして扱われることが里沙にとって一番の苦痛であり、深い悲しみをもたらす原因だったから。

「橋は渡らずに、西へ向かおう」

里沙の異変に気づいた佐之介が、あの時と同じように組屋敷周辺を通らないよう配慮してくれたのだが、里沙はそのまま橋へ向かって一歩足を進めた。

「佐之介さんにはまだお話ししていませんでしたが、この先に私が育った家があります。以前私がここを通れなかったのは、そのためです。ですが今はもう大丈夫なので、逸れずにこのまま真っ直ぐ行きましょう」

「本当にいいのか？」

心配そうに見つめる佐之介に、里沙は微笑みながら頷いた。

「大丈夫です」

(佐之介さんがいてくださるので)

そう心の中で囁いた里沙は橋を渡り、西へ折れた。

佐之介と並んで歩いていると、心が穏やかになる。一人ではないのだと思えて、ちっとも怖くはない。

帰る場所があり、そこには友もいて、自分にしかできない役目がある。それは里沙にとってこの上ない幸せで、生きているのだという実感が湧く。

過去の痛みが少しずつ消えていくのを、里沙は確かに感じていた。

「そういえば、この辺りだった……」

少し歩いたところで、佐之介が屋敷の白い塀を横目に見た。

「夢で見た場所ですか？」

「あぁ、恐らく。暗夜《あんや》だったため確証はないが、こうして立っているだけで夢の中の光景と重なって見える気がするのだ」

「佐之介さんがそう言うのなら、きっと間違いないです」

佐之介が見たという夢に出てきた女の一人は、新大橋の前にいた。そしてもう一人は、今歩いている辺りで謎の男に襲われていたのだと佐之介は言った。

「二人は別の女の方だったのですよね」

「あぁ。顔は不明だが、髪型や着物など身形からして違っていた。なんとなくだが、どこか違和感があったのだ」

「違和感、ですか。そのお二人がどんな髪型だったか、お分かりですか？」

「どんなというと……一人は、今すれ違った女の髪型と同じだったな」

偶然通りかかった丸髷の女を見ながら佐之介が言った。

「もう一人はまったく違う、長い髪をうしろでひとつに束ねただけの髪型であった」

「なるほど。確かに違いますね……」

二人は歩きながら暫し黙考し、昼九ツ（正午）の鐘が鳴る。

「髪の結い方がまったく違う、二人の女……」

ぽつりと呟いた己の言葉に、はたと目を見開く里沙。

「なんとなく、分かったような気がします」

「二人の女についてか」

「はい。あくまで可能性ですが、そのお二人は、生きていた時代が違うのではないでしょうか」

人々の髪型は時代によって異なる。丸髷は今でも既婚女性の一般的な結い方だが、下げ髪が主流だったのは江戸に幕府を開いた初期の頃だけだ。つまり、佐之介が違和感を覚えたのは、ふたつの違う時代を一度に見たからではないだろうか。

突如切り替わった光景や、二人の女の身形が違っていたのもそのせいではないかと里沙は考えた。

「それだけ時代に差があるとすると、一人は生きているうちに、もう一人は死んでからなんらかのかかわりがあったということか。もしくは、どちらも死んでから亡霊として目覚めるまでの間に繋がりのあった人物か。それとも本当に単なる夢か……」

空を仰ぎながら、佐之介は考えられるあらゆる可能性をさらりと口に出した。

だが、その言葉の中につらい事実が隠されているかもしれないということに、佐之介は恐らく気づいていないのだろう。

「お里沙はどう考える」

里沙は足元に視線を落とした。

「私は……」

江戸幕府が誕生した慶長八年頃、女の髪は今のように結い上げておらず、肩のうしろでひとつに結っただけの下げ髪が主。しかしその後、現在の若い娘は島田髷、既婚の女は丸髷などの結い上げる髪型が一般的となったのは寛政期頃である。つまり、その間およそ百八十年以上の開きがあるということだ。

夢に現れた下げ髪の女と佐之介にかかわりがあったとして、それが生きているうちか、それとも亡霊となってからなのかは分からない。だがどちらにせよ、佐之介は百年以上成仏できずにいるということになるのかもしれない。

目覚める以前の記憶がない佐之介にとって、その永さを実感するのは難しいのだろう。だが里沙は、もしも自分だったらと想像しただけで、胸が潰れるような苦しみを感じた。

けれどそれは、あくまで佐之介自身が下げ髪の女となんらかの関係性があった場合のみ。もしかすると佐之介ではなく、先祖と繋がりのある女なのかもしれない。

いや、きっとそうなのだろう。佐之介には関係ないのだと、里沙は自分に言い聞かせた。

「私には分かりかねますが、もしかすると佐之介さんではなく、ご先祖様とかかわりがあるのかもしれません。佐之介さんが夢に見た、斬った斬られたなどという物騒なことも、この泰平の世には相応しくありませんから。それに、佐之介さんが守りたいとお思いになられたのなら、その方はきっと良いお方なのでしょう。あまり考えすぎなくても大丈夫かと」

何を言っているのか、里沙は自分でもよく分からなかった。

亡霊を救うのが務めであるならば、佐之介の記憶を取り戻すために、この件についても本当はもっと突き詰めなければいけないのかもしれない。けれど、ずっと孤独だった佐之介に、これ以上余計な苦しみを与えたくはない。

ぎこちない笑みの内側にそんな想いを秘めながら、里沙は佐之介を見つめた。

「確かに、その可能性もあるかもしれんな。それに、夢の女が誰なのかなど今の俺にはさして重要ではない」

佐之介のあっけらかんとした口ぶりに、里沙は胸を撫で下ろした。

「もう一人の丸髷のお方には、何か思い当たる節はありませんか？　例えば、お召しになっていた着物の色とか」

下げ髪の女については深く掘り下げることに躊躇いはあるが、丸髷の女については、もしかすると佐之介と直接関係があった誰かなのかもしれない。家族だという可能性も捨てきれないため、そうであるならば思い出させてやりたいと里沙は思った。

「着物の色か。それについては深い緑みのある茶色い着物だったということだけで、色の名までは分からぬのだ」

色にも流行り廃《すた》りがあるため何かしらの手掛かりになるかと思ったが、呉服屋や浮世絵師などの色を扱う職でなければ、江戸に数多ある色の中でひとつをずばり言い当てるのはなかなか難しい。

ひとまず城へ戻り、色に関してはのちほど呉服の間に足を運ぶことを決め、二人は先を急いだ。

大奥へ戻った里沙は購入した包みを野村《のむら》に差し出し、頭を下げた。佐之介は野村の斜めうしろの壁に寄りかかり、里沙を見守っている。

＊

金や紺青《こんじょう》色の唐紙に松竹梅の文様が描かれていている千鳥の間の壁面は、大奥一の権力者である御年寄の詰所に相応く、豪華で派手やかだ。

「こちらが風花堂の水ようかん、そしてこちらが最中でございます」

「そうか」

野村は脇息にもたれたままひと言だけ返し、口を閉じた。

何も聞いてこないのは、里沙からの報告を待っているからだろう。風花堂へ出向いたのは菓子を買うためだけではなく、御幽筆としての務めを果たすためだ。

里沙は畳に手をついたまま続けた。

「御幽筆の件ですが、例の者について新たに分かったことがございます――」

千鳥の間には御年寄の指示を仰ぐために多くの女中が訪れるため、この場で「亡霊」といった言葉は使えない。

里沙は風花堂や新吉の母親から聞いた話、桜の練切についてなど、できるだけ当たり障りのない言葉を選び、だが不備のないよう報告をした。それでも野村にはじゅうぶん伝わっているようで、時折頷きながら里沙の話に耳を傾けていた。

「――以上のことを踏まえて、覚えのないことはすべて失くした記憶と関係があるのではと私は考えております」

「そうか。では、解決に向けて引き続き励みなさい」

「承知いたしました」

新吉の件に関して野村があれこれ指示することなく多くを語らないのは、自分を信じてくれているからだと里沙は受け止め、深々と頭を下げた。

「ところでお里沙、そなたにひとつ頼みがあるのじゃが」

「はい、なんでございましょう」

野村からの頼み事とあれば、断るはずがない。顔を上げた里沙は、居住まいを正した。

「この風花堂の水ようかんを、お美津《みつ》の方《かた》様に見舞いの品として届けてくれるか」

「お美津の方様に、でございますか」

お美津の方とは、家斉公の世子《せいし》、家慶《いえよし》の寵愛を受けて文政六年に御中臈《おちゅうろう》となり、文政七年卯月に家慶の第九子となる政之助《まさのすけ》を産んだ御部屋様《おへやさま》だ。

御部屋様とは、御手付の御中臈が男児を出産した際にそう呼び、女児を出産した場合は御腹様《おはらさま》と呼ぶ。

「若君をお産みになられてからずっと、ここ最近は特に、お体の調子が良くないようなのじゃ。引き受けてくれるか」

「はい、お受けいたします」

当然そう返事をしたのだが、里沙は若干の戸惑いも感じていた。

野村の命令であればどこへでも行くつもりだが、なぜ御右筆見習いの自分に御部屋様を見舞う役目を与えたのか。野村からの見舞いであればお付きの女中が、それこそ松が行くほうが自然なのではないか。

「医者は、お美津の方様の容態について原因不明と申しているそうじゃ」

眉を寄せた里沙の心中を察したのか、野村が続けて言い添えた。

「そなたなら、お美津の方様の体調が優れない理由を、何か分かるかもしれぬと思うてな」

(私なら……？)

少しばかり思慮を巡らせたのち、里沙は野村の言葉が示す意味に気づいた。

『そなたなら』ということはつまり、お美津の方の体調不良は、亡霊の類に何か関係があるのかもしれない。

「伝わったようじゃな」

「はい。お美津の方様を見舞い、何か異変があればすぐにご報告いたします」

里沙が応えると、野村は一度深く頷き、煙管を手に取った。

「それともうひとつ」

刹那、野村の声色が変わった。重みのある低い声と緊張を強いられるような鋭い眼光が、里沙に突き刺さる。

「そなた、私に何か隠していることはないか」

野村がこの目を見せた時は、心の中を読まれた時なのだと里沙は理解している。

「御火の番の騒ぎが解決して報告を受けた際、誰もいないほうを見て、ほんの僅かに頬を緩ませたそなたの表情がずっと気になっていてな」

やはり、野村はすべてを見通せるのかもしれない。嘘が下手な里沙は言葉を紡ぐことができず、野村から目を逸らし、うつむいた。

「気づいておらぬじゃろうが、そなたが先程この部屋へ来てから今に至るまで、無意識のうちに私ではない別の場所に目線を向ける瞬間があった。まるでその先に、私には見えない誰かがいるかのようにな」

「も、申し訳ございません」

野村の言葉を聞き終えた里沙は、理由を述べるより先に、すぐさま詫びるように顔を伏せた。

決して誤魔化そうとしたわけではない。野村を相手に誤魔化せるとも思っていない。ただ、恐れてしまったのだ。

「すべて、お話しします」

図らずも一人、また一人と千鳥の間から女中が立ち去り、二人きりになったのを機に里沙は口を開く。

「私が初めて御火の番の代わりに長局を巡回した日、野村様にはお伝えしていない亡霊と、出会いました」

これもまた無意識に佐之介を一瞥してから、里沙は佐之介と出会った時のことを野村に打ち明けた。

「成明ちゃんや此度の亡霊と違い、佐之介さんは殆どの記憶を失っておられます。ですから、記憶を取り戻すのは極めて困難で、すぐに解決できるとは思えず報告を怠ってしまいました。誠に申し訳ございません」

里沙の言葉はすべて真実なのだが、また別の、もっと深いところで感じていた恐れがある。

それは、いつ成仏できるかも分からない佐之介の存在を野村に否定され、大奥に留めることを反対されることだった。

もし「否」と言われたら、それでも御年寄の野村に対して食い下がることができるのだろうか。自信がない。だからこそ、里沙はこれまで佐之介のことを言えずにいた。

「大奥は男子禁制じゃ。見えないとはいえその者が四月《よつき》も大奥にいて、この先も留まることをそう易々と容認するわけにはいかぬ」

恐れていた返答に、里沙は息を呑む。

家族から蔑《ないがし》ろにされ続けてきた日々の中で、自分の意見が通ることなど一度もなかった。祖母が生きていた頃はまだよかったが、一人になってからは尚更。どんなに理不尽な扱いを受けたとしても反論は許されず、じっと耐え続けることがあたり前であった。

そんな自分が、大奥で最も権力のある御年寄に自分の願望を容易《たやす》く主張することなど、できるはずがない。昨年の霜月までは、確かにそう思っていた。

里沙は一度閉じた目を開き、真っ直ぐに野村を見据えた。

「恐れながら、野村様。御火の番の難事を解決できたのは、そのお方がいてくれたからでございます。私は死者に触れることはできませんが、亡霊同士なら可能なのです」

幼い亡霊の成明に初めて出会った時、里沙は泣いている成明の頭を撫で、抱きしめてやりたいと強く思った。けれど生者である里沙にはそれができない。自分の無力さを思い知った時、佐之介が里沙の代わりに成明の頭を撫でてくれたのだ。

『生きているお里沙ができないことは、俺が代わりにやればいい。ただそれだけのことだ、案ずるには及ばない』

「佐之介さんの言葉に、私は幾度も救われました。成明ちゃんの笑顔が見られたのは、佐之介さんがいてくれたからです。もちろん、私にしかできないお役目を与えてくださった野村様や、無条件で私を信頼してくださるお豊様、私を気にかけてくださるお松さん、共に働く奥女中たち。皆がいるからこそ、私は今ここにいられるのだと心得ております」

両手を畳につけ、里沙はもう一度深く頭を下げた。

「……それゆえ、その者を今後もそなたの側にと、申すのか」

顔を上げなくても、野村の強い視線をひしひしと感じ、体が強張る。それでも里沙は続けた。

「はい。いつか佐之介さんを成仏させてあげたいという思いはもちろん、大奥のため、御幽筆としてのお役目を果たすためにも、私にとって必要なお方でございます。それに……」

「それに?」

徐に頭を起こした里沙は、曇りのない意志を野村へ向けるように、目を合わせた。

「佐之介さんは、この目を美しいと言ってくださったのです」

赤茶色の瞳は呪われている証《あかし》。気味が悪い目だ。こんな目、いっそないほうがいい。そう思っていたけれど……。

『とても美しい目を持つお里沙は、間違いなく俺の救いだ』

あの時感じた胸の鼓動と心に宿った希望は、この先何があっても忘れることはない。

「普通ではない私の目を、佐之介さんが特別な目に変えてくださったのです。だから、どうか」

耐え切れずに溢れ出した涙が、頬を伝ってこぼれ落ちた。

「お里沙……」

いつの間にか里沙の傍らに寄り添っていた佐之介の優しい声が、里沙に届く。

「大奥のためか。そのように言われては、御年寄として耳を貸さないわけにはいかぬ。じゃが、その者について一切の責任を負う覚悟が、そなたにあるか」

問われた里沙は、こみ上げてくる熱いものに耐えながら、偽りのない強い想いを瞳に宿す。

「もちろん、ございます」

「じゃが、もしその者が大奥にとって害をなす存在となるようなら――」

「そのようなことは決してございません！　佐之介さんはいつも私を見守ってくださり、時に私の考えが及ばぬことを指摘してくださって、何よりとてもお優しい方で……」

野村の言葉を遮るようにして答えた里沙は、そこまで言ってはっと口を閉じた。夕日を浴びるにはまだ早いというのに、目を伏せた里沙の頬はみるみる赤くなっていく。

肩を僅かに揺らして唇を結んだ野村が笑いを堪えているように思えて、里沙の顔は益々熱くなる。

隣にちらりと目をやると、佐之介は鼻をかきながら落ち着きのない視線を庭へと外した。

そんな佐之介を見た里沙はうつむき、今度は首まで朱に染める。まるで、この場だけに季節外れの紅葉が散りばめられているかのようだ。

勢いでつい余計な本音を口走ってしまったことを後悔しつつ、里沙は視線を下げた。

「そう心配せずとも、亡霊に出て行けと言うたところで、誠に出て行ったかどうか確認することはできぬ。ただ、私は大奥にいる女たちを守らなければならぬ立場じゃ。そなたのことも何かあっては困ると思うたのだが、その心配は無用ということじゃな」

そう言って、野村はくすりと小さな声を立てた。

「野村様、ありがとうございます」

胸を撫で下ろした里沙は、若干の恥じらいを残しつつようやく肩の力を抜き、愁眉《しゅうび》を開いて佐之介を見上げた。

「お里沙、ありがとう」

ひと言だけそう告げたあと、佐之介は野村に向かって頭を下げた。

(礼を言うのは私のほうです)

言葉で伝えられない代わりに、里沙は微かに浮かべた笑みの中に想いを込めた。

千鳥の間を出た里沙は、野村の頼みを遂行すべく、その足で西の丸大奥へと急いだ。

本丸の西側に位置する西の丸とは、主に将軍世子やその正室、側室などが暮らす場所であり、前将軍の隠居所でもある。

「野村様より見舞いの品をお届けに上がりました」

女中に案内され中に入ると、奥の部屋の襖の前で、里沙は再び声をかける。

「右筆の里沙と申します。見舞いの品を、お持ちいたしました」

中から何やらか細い声が聞こえた直後、襖がすっと開く。里沙は頭を下げたまま声がかかるのを待った。

「どうぞ、こちらへ」

弱々しい声だけれど、今度は伝わった。顔を上げた里沙は、蒲団に横たわるお美津の方の側へ膝を進める。

里沙と同じ、今年で十八歳になるというお美津の方は、あどけなさの残る可愛らしい面差しをしていた。

縁側の戸を閉め切っているからか、光の入らない部屋は日が暮れたように薄暗く、肌寒い。

「わざわざ西の丸まで来てくださったのに、このような姿で……」

お美津の方が体を起こそうとしたので、里沙はそれを制止する。

「どうかそのままで、ご無理はなさらないでください」

里沙が労《いた》わるように声をかけると、お美津の方は再び体を蒲団にあずけた。

「病の原因は不明だとお聞きいたしましたが」

「えぇ。医者の見立てはそうでしたが、当然です」

お美津の方は里沙から顔を背け、小さなため息を漏らした。あまり眠れていないのだろうか。大きな目は充血し、瞼も腫れているように見受けられる。

「当然とおっしゃいますと」

里沙が尋ねると、お美津の方は視線を天井に向けたまま弱々しく答える。

「私の体の異変は病などではなく、呪われているからです」

野村が自分に見舞いを頼んだ理由はこれかと、里沙はすぐに理解した。

「呆れて声も出せないですか？　部屋方ですら私を怪訝な顔で見たのですから、仕方がありません。心配しているようで、内心は気が触れたとでも思っているのでしょう」

力ないお美津の方の声に、襖の前に控えている女中が気まずそうにうつむく。

「いえ、お美津の方様、私は決して呆れてなどおりません。よろしければ、詳しくお話を聞かせていただけないでしょうか。野村様からも、きちんと話を聞いて差し上げるようにと仰せつかっておりますので」

すると、お美津の方は「まさか」とでも言うように、大きく開いた目を里沙のほうへ向けた。

初めて視線が合ったお美津の方の瞳は、憂愁《ゆうしゅう》の色を帯びており、とても痛ましい。

「私を、信じるというのですか？」

「もちろん信じます。お美津の方様がこうして苦しんでおられるのに、疑う理由などありませんから」

里沙が優しく微笑むと、お美津の方の瞳が見る間に潤む。

「お里沙さんと、二人に」

そう告げると、控えていた二人の女中は部屋を出た。

静まり返った薄暗い部屋の中、お美津の方は懐紙で目元をそっと拭う。

「迷いなく信じるとはっきりおっしゃってくれたのは、お里沙さんが初めてです」

呪われているのだとお付きの者たちに初めて訴えた時、女中たちは皆首を傾げた。口先では心配するような言葉を並べたが、誰も自分の言葉を本気にしなかったのだとお美津の方は言う。

「お里沙さん、私はもう長くはないでしょう」

「そんな、なぜそんなことを」

「呪われているのです。私は、呪われている……」

お美津の方は息苦しそうに顔を歪めた。まるで、呪いという言葉がお美津の方の首を絞めているかのように。

呪いで死ぬなど、そんなことがあり得るのか。亡霊が見える里沙も呪いとは無縁であったため、それがどういう状態なのか推し量ることができない。

「呪いというのはうなされたり、体のどこかに異変を感じたりするのですか？」

里沙が不安げに見つめると、お美津の方は軽く頷き、自分の右手をそっと胸に当てた。

「夜は眠ることなどできないほど胸の辺りが苦しくなり、起きている時でさえ、全身が重く感じて歩くことさえできません」

誰かに強く握られているかの如く心の臓が痛くなり、頭の中には常に黒い影が渦巻いている。楽しいことを考えようと思っても、嫌な感情に支配され、気持ちが沈んでしまう。目を瞑ると、自分を責め立てるような激しい怒号が耳に響く。何をしていても呪詛が体中に絡みつき、苦しめるのだとお美津の方は言った。

話している間、痛みに耐えるよう必死に眉根を寄せている表情はあまりに苦しそうで、妄言を吐いているとは思えない。

「何か、お心当たりはございますか？」

呪われていると言うからには、それなりの理由があるのだろう。そうでないならば、普通は何かたちの悪い病だと思うはず。呪いなどという言葉は出てこない。

けれどお美津の方は、唇を強く結んだまま黙り込んだ。理由があるのならある、ないのならないと言えばいいところを、そのどちらの反応も示さない。

「お話しいただけないでしょうか。私にできることがあればなんでもいたします。それに、煩いの種も、誰かに話せば少しは気が晴れましょう」

それでもお美津の方は口を噤んだまま、潤んだ目を天井に向けているだけだ。

「何か話せない理由があるのですか」

話したいけど話せない、ということなのかもしれない。これだけ苦しんでいるというのに、いざ心当たりを訊ねても口を閉ざすとあれば、そう思わざるをえない。

「決して他言はいたしませんので、私を信じていただけないでしょうか」

里沙は両手をつき、お美津の方に向かって頭を下げた。

会ったばかりで信じろと言われても難しいかもしれないが、お美津の方を苦しみから救うためには「呪われている」と思う理由を聞かなければ何もできないのだ。

「お里沙さん……」

消え入りそうなほどのか細い声に、里沙は顔を上げた。

「あなたを信じないわけではないのです。寧ろ、あなたがこうして話を聞いてくれて、とても嬉しかった」

「では、理由を――」

「けれど、理由はお話しできません」

なぜ。そう言おうと思ったけれど、悲愴感に満ちたお美津の方の表情を見たら、言えなかった。これ以上無理に求めても、お美津の方を悩ませてしまうだけだ。

呪いというと恐怖心を抱くものだと里沙は思っていたが、お美津の方からは恐れよりもなぜか大きな悲しみが伝わってくる。

「分かりました。人にはそれぞれ事情がございます。言いたくない、言えないこともありましょう。ですが、これだけは信じてください。私はお美津の方様の苦しみを、救って差し上げたい。私に何ができるのか分かりませんが、若君様のためにも、お美津の方様には元気になっていただきたいのです。だから、もう長くはないなどと言わないでください」

里沙は、お美津の方の白く細い手を握った。

「政……之助……」

自分の子の名を口にした途端、お美津の方の目から溢れた涙がこめかみを伝い、白い蒲団にこぼれ落ちた。

「私は……あるお方を裏切った。呪われて、当然なのです。こんな私に、政之助を育てる資格など……」

途切れ途切れに言葉を吐き出したお美津の方は、そこまで言って静かに目を閉じた。

しばらく様子を見ていた里沙は、お美津の方から小さな寝息が聞こえるのを確認し、そっと部屋を出る。

またすぐに目を覚ましてしまうかもしれないが、随分と眠れていないようだったので、少しでも睡眠は取ったほうがいい。そのことを外にいる女中に伝えた里沙は、西の丸をあとにした。

西の丸大奥から本丸大奥に戻る途中、里沙は必死に頭を絞り、思案した。

部屋の中に、佐之介以外の亡霊はどこにも見当たらなかった。ということは、お美津の方の言う呪いとは、亡霊の呪いというわけではなく生きている人間が呪っているということなのだろうか。

「もし生きている誰かの呪いということなら、お美津の方様が理由をお話しにならない限り、私にはどうすることもできません」

歩きながらひとり言のように呟いたが、隣にはもちろん佐之介が並んでいる。

亡霊の仕業であれば、その亡霊から事情を聞くこともできるかもしれないが、相手が生者なら、お美津の方が明かしてくれない限り、その人物を特定することは難しい。

だが、今の状態でお美津の方から話を聞き出すのは困難だろう。

「呪いというのは、実際にあることなのでしょうか」

お美津の方を疑っているわけではなく、呪いがどういうものなのか里沙には想像ができない。

「お里沙にはないのか」

腕を組みながら渋い顔をして歩く佐之介を、里沙は一瞥した。

「誰かを酷く憎み、呪ってやりたいと思ったことは」

「えっ？　いえまさか、そんなふうに思ったことなどありません」

これまで自分がされてきたことを考えれば、親や兄妹のことを心から信頼し受け入れるのは容易ではない。けれど顔も見たくないほど忌み嫌っているわけではなく、ましてや怨み、呪ってやろうと思ったことなど一度もない。

「私には、祖母がおりましたから」

祖母がいなかったなら、強い怨みを抱き、あるいは家族を呪うこともあったかもしれないが。

「もしも祖母がいなかったらと思うと、少し怖いです」

誰かに怨まれるのはもちろん怖いが、相手を苦しめてしまうほど自分が誰かを怨むのは、もっと怖い。里沙はそう思った。

「佐之介さんは、あるのですか？」

記憶がないということを忘れてふと疑問を投げかけると、ほんの一瞬佐之介の目に冷たい影が宿る。

「あっ、記憶のない佐之介さんにこんなことを聞いてしまい、すみません。あの、大丈夫ですか？」

前触れなく草履の鼻緒が千切れたような騒つきを覚えた里沙は、思わず立ち止まる。

「すまない、少しあの夢を思い出していただけだ。案ずるな」

「ですが……」

　夢の中に男が現れた時、佐之介は言い知れぬ憎悪が湧き上がったと言っていた。まさか、誰かを呪いたいほど憎んでいた過去があるのだろうか。

「あの夢の、女が斬られた瞬間のことを考えると、血が凍るような寒気を感じるのだ。もとより死んでいるのだから血は通っていないはずなのに」

　里沙が抱いた疑念を、佐之介自身も感じているのかもしれない。

　記憶が戻った時、亡霊として彷徨っていた孤独などよりも、もっとずっと大きな痛みや苦しみが待っているとしたら……。

「時折思うのだ。記憶を呼び起こすことは、本当にいいことなのか。ともすると、このまま思い出さないほうがよいのではと――」

「そんなことはございません！」

　たまたま周囲に誰もいなかったからよかったものの、里沙は咄嗟に声を張り上げてしまった。

「す、すみません。ですが、記憶が戻らなければ、成仏することは叶わないのです」

　成明や新吉のことを考えると、忘れている記憶を取り戻すことが、成仏する際の条件ということで間違いない。

「私は佐之介さんとお約束しました。佐之介さんを成仏させるために一緒に考えると。ですから私は、佐之介さんの記憶も必ず取り戻します」

力強く訴えた心には、それとは正反対の思いが小さく宿っていたけれど、里沙は気づかないふりをした。

「しかし、かつての俺が大罪人であったり、呪いたくなるほど誰かを憎んでいた可能性もあるのだぞ」

「だからなんだと言うのです」

珍しく消極的な姿勢を見せた佐之介に、里沙は強く言い切った。

「大罪人だろうと誰かを怨んでいようと、そんなことは関係ございません。過去がどうであれ、私の知っている佐之介さんは今、目の前にいらっしゃるお方です。私を見守り、共に亡霊に手を差し伸べてくださる優しいお方です」

「……お里沙」

「それに、私は知りたいのです。佐之介さんがどこで生まれ、どう育ってきたのか。どんなふうに笑い、怒り、悲しんできたのかを」

下げている両手の拳を、無意識のうちに握り締めていた。

佐之介のことを知りたいという気持ちや、佐之介の記憶を取り戻してやりたいという思いは真実だ。そこに偽りはない。

――けれど、思い出してしまったら佐之介さんは……。

心に宿った小さな思いが膨れ上がるのを拒むように、里沙は頭を左右に軽く振った。

「とにかく、佐之介さんは必ず成仏できます。私がそうしてみせます。もちろん、新吉さんのことも」

複雑な気持ちを笑顔で隠し、佐之介を見上げる。

「すまない。あの夢のせいで、俺は少し臆病になっていたようだ」

「いえ、謝らないでください。記憶がないのですから、不安になるのはあたり前です」

寧ろ、これまでにない弱い部分を自分に見せてくれたことが、里沙は嬉しかった。

気持ちを切り替えて再び歩き出した二人は本丸大奥へと戻り、その足で呉服の間へ向かった。

佐之介が夢の中で新大橋を前に対面していた女。その者が渋い緑みの茶色い着物を着ていたと言うので、詳しく調べるためだ。

長局一の側のすぐ西に位置している呉服の間に入ると、針を手にした呉服の間の奥女中たちが、せっせと縫い物に励んでいる。

呉服の間は、将軍や御台所などの衣装の裁縫を行うお役目で、腕のいい針子を集めているため昇進やお役替えは殆どない。そして呉服の間では針の紛失が起きると、たとえ一本でも見つかるまで何日でも探さなければならないという話を、里沙は松から聞いていた。

どの役目にも苦労はつきものだが、呉服の間の女中たちは縫い物が、そして着物が好きなのだろう。里沙の目に映る女中たちは皆、色彩豊かな反物を前に瞳を輝かせながらも、真剣に着物と向き合っている姿が印象的だ。

着る者の姿を浮かべながら、喜んでもらえるようひと針ひと針思いを込めて縫っているのがよく分かる。

更に、越後屋《えちごや》をはじめとした大店の呉服屋が、奥女中から御用を承《うけたまわ》っている様子も見受けられる。

「何か御用でしょうか」

呉服の間の女中に声をかけられた里沙は、慌てて返事をした。

「いえ、あの、反物の色を見たいと思いまして」

「それでしたらあちらにございますので、ご自由にご覧になってください」

「ありがとうございます」

作業をしている奥女中たちに会釈をしながら、里沙は並べられている膨大な数の反物の前に立ち、指先でそれらしき色を示していった。夢で見た着物の色と同じと思われる反物を指差した時、反応するよう佐之介に伝えていたからだ。

根岸色《ねぎしいろ》、錆利休《さびりきゅう》、紀州茶《きしゅうちゃ》、璃寛茶《りかんちゃ》、鶯茶、煤竹色《すすだけいろ》、唐茶《からちゃ》。

どれも佐之介の反応は薄いが、里沙が路考茶《ろこうちゃ》色の反物を指した時、佐之介は顎に当てていた手をぱっと離し、視線を上げて少し考えたあと、小さく頷いた。

「これは、路考茶色ですね」

里沙が小声で言うと、天から何かが降りてきたかのように、佐之介は目を見開いた。

『武家の奥方のわりに、随分と地味な色だな』

佐之介の言葉を受け、前を歩く女が振り返った。

『まぁ、路考茶色は地味などではありませんよ。なんせ、二代目瀬川菊之丞《せがわきくのじょう》様が好んだ色なのですから。佐之介さん、覚えはないですか？　八百屋お七《しち》の中でお杉《すぎ》を演じていた時に着ていたお衣装の色です』

女が人差し指を顎に当てると、顔の見えない女の薄い唇だけが、ゆっくりと上下する。

『あれは確か、今から……──』

「──今から、二十七年前……」

「えっ？」

雫を落とすように佐之介が呟いた。

里沙はなんのことかと問いかけたかったが、この場で亡霊と話すことはできないため、ひとまず自室へ戻った。

御幽筆という役職は公には存在しないため、御殿向に詰所はない。そのため、御幽筆として記録を残すなどの勤めがある際は、住居と同じ二階の自室で行うことになっている。

二階に上がった里沙は、佐之介と向き合って腰を下ろした。

「何か思い出したのですか？」

「あぁ。あの夢はやはり、実際に起こったことなのだと思う。新大橋の前で話していた女が俺に言ったのだ、八百屋お七は二十七年前の演目だと」

「路考茶色が流行るきっかけとなったお芝居のことですね」

中村座の演目『八百屋お七恋江戸染《こいのえどぞめ》』の中で、二代目瀬川菊之丞が下女お杉を演じた時に着ていた衣装の色が路考茶色だった。それは、明和三年のこと。

「あの演目を二十七年前と言ったのなら、佐之介さんがそのお方と話をしたのは、今から三十二年前の寛政五年頃ということになります」

寛政五年であれば里沙はまだ生まれていないが、里沙の父は十一歳で、豊は一歳なので、佐之介が出会っていたとしてもおかしくはない。

「佐之介さんはその頃まだ生きていて、夢に出てきたお方は今もどこかにいるかもしれませんね」

当時女の齢《よわい》がいくつだったかにもよるが、可能性は大いにある。

「だが、この会話を交わした時、俺はすでに死んでいたという可能性もある」

神妙な顔つきでそう述べた佐之介だが、「それはあり得ません」と里沙はすぐさま否定した。

「佐之介さんはその方と実際にお話をしたのでしょう？　もしすでにお亡くなりになられたあとだったなら、その方は亡霊の佐之介さんとお話しになったということになります。亡霊と話をするなどあり得ません」

「しかし、お里沙はこうして話しているではないか」

「そ、それは、幼い頃から見えていた私だからです。これまで私以外に亡霊が見える者と出会ったことなど、一度もございません」

「ではお里沙は、自分の力を家族以外に打ち明けたことはあったのか？」

佐之介に言われ、里沙は「いいえ」とうつむき加減に首を振った。

家族でも受け入れてもらえなかったのだから、他人に軽々と言えるはずがない。

「知らないだけで、もしかするとそなた以外にも亡霊が見える者はいるかもしれない」

「で、ですが……」

佐之介の言っていることが間違いだとは言い切れないため、反論の言葉が見つからないけれど、今から三十二年前には生きていたと思うほうが佐之介のためでもある。

もしその時すでに亡霊だったとすると、佐之介はそれ以前に亡くなったことになり、三十五年か、はたまた四十年か、それよりもずっと前か。可能性はいくらでも出てきてしまう。

夢に出てきたもう一人の下げ髪の女のことも、先祖となんらかの繋がりがあったのではなく、佐之介自身が体験した実際の出来事だという可能性さえあるのだ。

そうなれば、百年か、百五十年か、はたまた……——。

「何をそんなに沈んでいるのだ。死んでからどれだけの時が経っていようと、目を覚ます前のことを覚えていなければ苦しくもなんともないのだから、お里沙が気に病むことではないぞ」

もし百年以上も一人で彷徨っていたとしたら、里沙と初めて会った時、さすがにあんなふうに穏やかな気持ちではいられない。きっと大声で笑うか、あまりの驚愕に亡霊ということも忘れて気絶してしまうだろう。そう言って、佐之介は涼しげな目元を綻ばせて笑った。

その戯れのような言葉も全部、里沙のためだろう。自分よりも相手の苦悩や嘆きに寄り添い、共に涙する。里沙がそういう娘だと分かっているからだ。

里沙が佐之介に苦しんでほしくないと願うように、佐之介もまた里沙に心労を与えたくないと考えているに違いない。

だが、いくら覚えていないとはいえ、もし下げ髪の女との夢が生きていた頃の佐之介自身の過去だとしたら、想像を絶する長さである。

「そんな顔をするな」

佐之介は徐に手を伸ばし、沈んだ表情を見せる里沙の頭の上にのせた。厳密にはさわれてはいないのだが、里沙には不思議と佐之介の手の温かさがしっかりと伝わってくる。

「すみません、私が心配をかけてはいけませんよね」

新吉のこともまだ解決していない上、お美津の方のことも救いたいと考えているのに、このように弱気では駄目だと、里沙は気合を入れ直して顔を上げた。すると佐之介は、瞬きを忘れたようになぜか里沙の頭を凝視している。

「佐之介さん？　私の頭に、何かついていますか？」

「……あ、いや、なんでもない」

慌てて視線を逸らした佐之介。

「新吉のことも気掛かりなので、俺は少し城を出ようと思うのだが」

「はい、私はこれから一旦、右筆見習いに戻ろうと思います」

御幽筆として今後やるべきことは、新吉が帰ってきた時に話を聞くこと。したがって、今すぐにできることはない。

「なるべく早く戻る」

「はい。お気をつけて」

佐之介が大奥を離れると、里沙は御右筆の詰所に戻り、豊の指示のもとでいつも通り役目に勤《いそ》しんだ。

暮れ六ツ（午後六時）を少し過ぎた頃。里沙は御右筆の詰所から千鳥の間へ行き、お美津の方の様子を野村に報告してから部屋に戻った。佐之介と新吉、どちらの姿もまだない。

大奥の女中となって四月《よつき》が過ぎたけれど、一人の静けさには今もまだ慣れない。いきいきと懸命に働く女たちの声も、側に寄り添ってくれる存在も、すべて夢だったのではと怖くなる瞬間があるからだ。そんな時は、野村の部屋方として働いていた頃の皆の笑い声を、無意識に求めてしまうこともある。

お美津の方は御部屋様となったため、一人の部屋をもらっていた。お付きの女中がいるとはいえ寂しいだろう。あのような状態なら尚更、体だけでなく心も病んでしまいそうだ。できることならずっとお美津の方の側にいてあげたいが、自分の役目もあるため勝手は許されない。

二人が早く帰ってくることを願いつつ、御幽筆として今日得た情報をすべて記録していると、梯子を上る音が聞こえてきた。

足音を鳴らすということは、亡霊ではなく生者だという証。

「お里沙、おやつ食べるわよ！」

その声に、里沙は筆を置いて微笑んだ。

「お松《まつ》さん。すみません、なかなか顔を出すことができなくて」

「いいのいいの、お里沙が忙しいのは分かってるから。佐之介はいるの？」

「いえ、今は少し出ておりまして」

「そう。じゃあ、とりあえず食べましょう」

そう言って、松は見覚えのある風呂敷包みを持ち上げた。

「あ、それは」

「お里沙が風花堂で買ってきた菓子よ。野村様と他の部屋方で分けたんだけど、まだあるからお里沙にも分けなさいって」

「よろしいのですか？」

「よろしいも何も、これはお里沙が美味しそうだと思って選んだんでしょ？　お豊様にはもう差し上げたから、話でもしながら食べましょう」

里沙は文机の前から離れ、松と向かい合って部屋の真ん中に座った。

包みから出てきた最中は、皮がほんのり緑色をしている。これは、抹茶が練り込まれているからだと新之助が言っていた。

「綺麗な色ね。ほらお里沙も、いただきましょう」

松から差し出された最中を手に取り、口へ運んだ。すると、はじめにぱりっとした皮のいい音を響かせ、そのあとで抹茶の香りと風味が鼻をすっと通り過ぎた。と思ったら、続けて粒餡の甘さが口いっぱいに広がる。

「美味しい」

「何これ、美味しい」

里沙と松は揃って呟き、顔を見合わせてぷっと噴き出した。

「さすが風花堂ね。餡が入ってるのにこれだけ皮がぱりっとしているのはどうしてかしら。それに餡の甘さに負けていない抹茶のほのかな風味が最高」

「本当に、お松さんの言う通りです」

思っていた感想をすべて松に言われてしまった里沙は、もうひと口最中をかじり、やはり美味しいと何度も頷きながら食べ切った。

満足した二人は、里沙が運んだ茶を飲みながら心を休め、ゆったりとした時間を過ごす。勤めを終えたこの時間だからこそできることだ。

「野村様から聞いたけど、お美津の方様のお体はどうなの？」

「……はい。とてもおつらそうでした」

まだ若いお美津の方だ。本来なら肌艶もよくふっくら張りのある頬で、大切な若君と手をつないで幸せそうに微笑んでいたはず。それなのに、あのように生気のない顔でずっと横たわっているしかないとは、不憫で仕方がない。

「自分は呪われてるって、お美津の方様はそう言っているのよね」

心を痛めている里沙を見て、松が言った。

「ご存じなのですか？」

「そりゃあそうよ。噂話が好きな私の耳は、誰よりも大きいんだからね」

手のひらを大きく広げて自分の耳に当てながら、おどけるように言った。

どんな時でも明るい松を見ていると、たくさんの心配事を抱えた里沙の心が少しだけ安らぐ。

「亡霊が見える私が言うのもおかしな話なのですが、呪いで人が死ぬということは、本当にあるのでしょうか」

茶碗を握る両手に力を込めてうつむいた里沙は、中で僅かに揺れている茶柱を見つめた。

「んー、最近じゃ胡散臭《うさんくさ》い祈祷師ばかりだけど、昔は有名な陰陽師もいたみたいだから絶対ないとは言い切れないかもね。それに、断言はできないけど、呪いかもしれない怪事件なら私も知ってるわよ」

「本当ですか!?」

咄嗟に両手を離しそうになった里沙は、持っている茶碗をそっと傍らに置いた。

「でもあれはとても不可解で、それでいて顔をしかめたくなるほど恐ろしい怪事件だったの。特に今、御右筆として励んでいるお里沙にこれを話していいものか……」

松が珍しく言葉を濁すということは、口にするのもはばかられるほどの事件だったのだろう。

「構いません。お聞かせください」

だが、恐れていては誰も救えない。

里沙の思いを悟った松は、怪事件について詳しく語り出した。

「あれは、文政四年の水無月だったわ。御右筆のおりゅうさんという方に付いていた女中のことなのだけど、その女中は七ツ半（午前五時）に主人のおりゅうさんを起こしたあと部屋を出て、そのまま行方が分からなくなったの」

行方知れずというのは、以前、松から聞いた『御末のあらし』の話と少し似ていると里沙は思った。案の定、あらしの時と同じように女中だけでなく表の役人にも頼んで、ありとあらゆる場所をしらみつぶしに捜索したのだが、女中は見つからなかった。

「四日目にやっと見つかったのだけど……それが、見るも無残な姿だったらしいのよ」

里沙は息を呑み、松の話に耳を傾ける。

女中が発見されたのは、駕籠《かご》が納められている乗物部屋だった。一度探した部屋の中を、もう一度くまなく探し、ひとつひとつの駕籠を引き出して中を調べていた時、中年寄藤島《ふじしま》の網代《あじろ》駕籠の中から惨殺された女中の遺体が発見された。

駕籠の底には大量の黒ずんだ血溜まりができていて、なんとも惨たらしい遺体だったのだが、驚くべきはそれだけではなかった。血まみれの遺体が入っていた駕籠には、上箱《うわばこ》がきちんとかぶせられていたのだ。しかも、汚れなどから守るための油単《ゆたん》にしっかりと包まれた状態で。

それが何を意味するのか理解した里沙は寒気立った。

一人で殺害してから遺体を駕籠に入れ、上から元通りに油単や上箱をかぶせるのは難しい。複数人の犯行だとしたら、人の出入りが多い大奥で誰にも見つからずに、怪しまれずに一連の犯行をやってのけることは非常に困難だ。自殺だとしたら自分で上箱をかぶせるなど尚更不可能。何より、乗物部屋は錠がかかっているので安易に入ることはできない。

「……では、どういうことなのですか」

「御末の怪事件と同じで、狐か狸のような物の怪か、それとも、誰かに呪い殺されたのかもしれないって、しばらく噂が流れたのよ」

「呪い……」

ぽつりと呟くと、里沙の脳裏にお美津の方の蒼白い顔が浮かび、背筋が凍った。

「呪いかどうかは断言できないけど、解明できない怪事件は実際に何度も起こっているわけだから、ないとは言い切れないわよね」

松の言う通りだ。この世には、説明できない不可解な出来事がいくつもある。けれど、もし本当にお美津の方が呪われているとしたら、その人物は今もどこかでお美津の方を呪い、苦しめているということなのか。若君を出産してから体調を崩したことも、呪いとなんらかの関係があるのだろうか。気掛かりな点が多すぎる。

「でも、お美津の方様は呪われるようなお方には見えませんでした」

たった一度会っただけで人となりがすべて分かるとは言わないが、少なくとも里沙にはお美津の方が誰かに怨まれるような人物には見えなかった。

「私は会ったことはないけど、野村様から聞いている限りでは確かにお優しい印象を受けたわ。だけどさ、大奥に入る前に何があったのかなんて誰にも分からないじゃない」

「入る前のことですか？」

「そうそう。実際私とお里沙だって、お互いに打ち明けなかったら大奥に入るきっかけがなんだったのかなんて知らないままだったでしょ？」

確かにそうだと、里沙は大きく首肯した。

「奥入りする前に、お美津の方様がどんなふうに暮らして誰とどうかかわっていたのかなんて、私たちには分かりゃしないじゃない。だからさ、誰かから怨みを買うようなことがあっても決しておかしくないってことよ」

そう言って、松は二つ目の最中を手に取った。

呪いたくなるほどの思いとは、いったいどれほど強い私怨なのだろう。理不尽な扱いを受けてきた里沙でさえ計り知れない。

「お美津の方様のことは、真実を打ち明けてくださらない限りはどうすることもできないわよね。私も力になるから、何かあったらいつでも言ってよね」

「はい。ありがとうございます」

呪いという馴染みのない問題を一人で背負うのは心細いが、松が聞いてくれるというだけで、大きな安心感をもたらしてくれる。

「ところで、新吉のほうはどうなった？」

二つ目の最中をあっという間に食べ切った松は、空になった茶碗を置いて尋ねた。

「色々と分かったことはありますが、まだ失くした記憶に繋がるような決め手は得られていません」

新吉について分かったことを、松にも手短に伝えた。

「大切な人のことを忘れてるって、新吉本人が断言してるならそうなんだろうけど、許嫁も心を通わせた人もいないっていうのはどういうことなんだろうね」

松は腕を組み、首を傾げて難しい顔をしながら続ける。

「新吉も子供じゃないから、誰か想い合うような人がいたとしても母親が知らないっていうのは分かるよ。誰に惚れたとか、その都度いちいち報告するわけじゃないだろうし。でもさ、店の者が誰一人知らないっていうのがどうも引っかかるのよね」

里沙も疑問だった。そういう相手がいたとして、誰にも気づかれずにその「大切な人」と新吉が心を通わすことなど可能なのだろうかと。

「一方的に新吉が想ってるだけならあり得なくもないけど、そうだとしても、誰かを想っている時って自ずと顔に出ちゃうものなのよ」

その顔を見た店の主人か朋輩に『随分とだらしない顔をしてるじゃないか、誰のことを思い浮かべてるんだ？』なんてからかわれたりして、大抵は誰かに気づかれるものなのだと松は言った。

「なるほど。大切な人を想うというのは、そういうことなのですね」

自分には経験のないことなのでと、里沙は思わず膝を打つ。

「何言ってんのよ、私はお里沙のことを言ってるのよ」

「……私ですか？」

松の言葉が呑み込めない里沙は、瞬きを繰り返しながら小首を傾げて松を見つめる。

「だってそうでしょ。お里沙が佐之介を見つめる時、とっても優しい顔をするもの」

「えっ!?」

「あからさまに表情が緩んでいるとか笑っているわけじゃないけどさ、なんて言うかとっても穏やかで温かい、陽だまりみたいな顔をしてる時があるのよ。私には見えないけど、そういう時は、お里沙の視線の先に佐之介がいるんだろうなって分かるんだ」

「そんな、私は別に……」

慌てた里沙は、両手で自分の頬を押さえながら、幼子のように顔を赤く染めた。

「そう照れなくたって、誰かを想って優しい気持ちになるのはいいことなんだから。そういう相手、お里沙には今までいなかったの？」

「い、い、いるわけがございませんよ。そのような感情、私には不要でしたから。殿方は苦手です」

里沙がそんなふうに感じていたのは、側にいた異性が父や兄のような居丈高な人間だったためだ。里沙の目のことを恥じていたからか、父が縁談を持ってくることもなかった。

「今もそうなの？」

松に聞かれた瞬間、脳裏に佐之介の姿が自ずと浮かんできた。目の前にいるわけではなく、ただ思い浮かべただけで体温が一気に上昇し、胸が痛むのはなぜなのか。

「今は、分かりません。苦手なことに変わりはないのですが、でも」

……でも、佐之介に対しては違う。拒否するような感情が湧き上がってこないのは、佐之介が亡霊だということもひとつの理由だろうけれど、それだけではないと里沙は自覚していた。

「佐之介さんは、私を頼ってくださいました。歩むべき道を示してくださったと言ったら大袈裟なのかもしれませんが、佐之介さんがいてくださると思うと、なんだかとても安心するんです」

祖母が他界してからは感情などどこかに失くしてしまっていたはずなのに、佐之介を想うと、なぜこうも胸が騒ぐのだろう。心が躍るような騒めきや、隣にいるのに時折感じるうら寂しさ。

佐之介が現れたあの時から、里沙は新しい世界を見ているような気持ちになっていた。今もずっと、日々過ぎていく時間や共に見る景色、取るに足らないような些細な喜びさえも、なんだかとても愛おしく思える。

「お互いが特別な存在ってわけね。だけど……」

松は言葉を止めたが、里沙には何を言いたいのか分かっていた。

――ずっと側にいることはできない。

生者と死者は、決して交わらない。佐之介と過ごす時が長くなればなるほど、その事実が知らず知らずのうちに里沙を苦しめていく。

「とにかく、今は新吉さんを成仏させることと、お美津の方様のお体をどうにか元気にして差し上げることが私のお役目です」

こびりついて離れない不安を洗い流すように、里沙は茶碗に残った最後のひと口を喉に流しこんだ。

「あっ！」

すると突然、松が背筋を伸ばしながら声を上げた。

「新吉のことだけど、誰にも知られずに想い人がいたと仮定して、知られちゃいけない理由があったということは考えられない？」

「知られてはいけない理由ですか」

「そう。心が通じ合っていることや、自分が想いを寄せていることを誰かに悟られてはいけないような相手ってこと」

新吉に限って不義密通をしていたなどということはないだろうが、なんらかの理由で絶対に誰にも知られてはならない相手。

真面目な新吉であれば、きっとそれを守るために努力をするだろう。自分には惚れた相手などいない。その相手との間に嬉しい出来事や苦しい出来事があったとしても、顔には出さず誰にも告げず、己の心の中だけで想い続ける。

大抵の人は耐え切れずに誰かに打ち明けたくなるだろうが、新吉なら、静かに密かに想い続けられるような気がする。それが相手のためとあれば尚更。

「なるほど。新吉さん自ら誰にも知られないよう努力をしていたとすれば、当然周りの皆さんは、口を揃えてそんな相手はいなかったと言いますよね」

「うん。例えばそうね、風花堂の女中……だとしたら隠す必要はないか。となると、誰かの女房か、それとも武家の奥方とか」

想いを寄せていることを人に言えない相手はいくらでもいるが、ただ、あの気弱で優しい新吉が人様の女房に想いを寄せるなどということが、はたしてあるのだろうか。

自分の命と引き換えに子供の命を守る人間が、誰かを傷つける可能性があるような行為をするだろうか。

再び考えあぐねる里沙だったが、松による一連の見解に、初めて何かぼんやりとした道が見えてきたような気がした。

大切に想う誰かがいたとしても、それは決して口に出すことのできない相手。つまり、決して結ばれることのない相手だとも言える。

もしそうならば新吉は、自分と少しだけ似た状況にあったのかもしれないと、里沙は思った。

開け放った障子戸から春の夜風が吹きこんできて、桜の花弁が一枚、佐之介と新吉の帰りを待つ里沙の膝の上に、そっと落ちた。

第三章　蘇る記憶と怨霊

『大丈夫ですよ、新吉《しんきち》さん。記憶が消えてしまったとしても、新吉さんの心の奥底には必ずその方がいるはずですから。きっかけさえあれば、きっと思い出せます』

『あまり記憶に囚われすぎず、頭を空にしてそなたの生きてきた過去を巡ってみると、案外唐突に浮かび上がるものもあるかもしれん』

里沙《りさ》と佐之介《さのすけ》の言葉を、そして自分の中に眠っている強い気持ちを信じ、二人と別れた新吉は江戸の町を一人で歩くことにした。

「きっかけかぁ」

ひとまず新吉は新大橋から北へ、風花堂のほうへ戻るため、足を進めた。

ただ闇雲に歩くわけではなく、見える景色や聞こえる音など、とにかくひとつひとつに意識を向けた。小さなきっかけを見落とさないよう、感覚を研ぎ澄ませながら。

「しかし、桜は本当に綺麗だなぁ」

練切を作った時も、きっとそう思っていたに違いないが、なにも文月に桜を表現しなくてもいいじゃないか。

川沿いに立つ桜の木を横目に、当時の自分に対して疑問を投げかける新吉。だが、その矛盾の中にこそ何かが隠されている気がしてならない。

両国廣小路は相変わらずの人出だが、二月《ふたつき》後の川開きにはもっと多くの人が詰めかけることだろう。酒を飲み、騒ぎ、笑い合う。

一人の菓子職人がこの世を去ったとて、江戸の町の賑わいはなんら変わることはない。新吉がここにいた事実は、人や時の流れと共にいずれ消え去っていくのだ。

家族や風花堂の人々以外で新吉という男がいたことを覚えていてくれる人は、はたしてどれほどいるのだろう。

そんなことを考えながら、新吉は両国廣小路からひとつ横道を入り、店の前で足を止めた。

今日も風花堂には菓子を求める客がたくさん訪れている。自分はもうここにはいないのだが、風花堂が愛されることは死んでも尚、新吉の誇りだ。

風花堂に一礼した新吉は、死んだ日に自分が向かっていたとされる柳原通りを、神田川に沿って歩いた。

「俺は、ここで溺れたのか」

溺れかけている子供を見て夜の川に飛び込むなど、自分にそのような度胸があるとは思わなかった。結果死んでしまったけれど、子供たちの元気な声や駆け回る姿を目にするたびに、幼い命を助けられて本当によかったと今は思える。

あとは、失った記憶が思い出せれば、もう思い残すことはないのだが……。

「俺は、あっちの方向に急いでたんだよなぁ。お里沙さんが言うように、持っていたものの中身は、恐らく大切な誰かを想いながら作った練切なんだろうけど。桜かぁ……」

真上から照らされる太陽。亡霊が暑さを感じることはないが、すれ違う人々の中には時折額の汗を拭う仕草も見られる。それだけ今日は暖かいということだろう。この調子なら、桜が満開になるのもすぐだろうな。

西に向かって歩きながらそんなふうに思っていると、桜の花弁が新吉の目の前をそよそよと泳いだ。

光風《こうふう》にのって舞う桜の花弁を目で追っていると、前を歩いている嵯峨鼠《さがねず》色の小袖を着た娘の頭の上に、その花弁がふわりと落ちた。

その光景を目にした瞬間、止まっているはずの新吉の胸の鼓動が、大きく跳ね上がったように感じた。新吉の心に大きな衝撃と謎の痛みが走る。

「この感覚、前にも確か……」

立ち止まった新吉は、遠くなっていく見知らぬ娘のうしろ姿を見つめながら、桜の花弁が頭の上にのる瞬間をもう一度思い浮かべた。すると……。

『取ってくださいますか』

時の鐘の如く、鼓動が再び大きく鳴った。

先ほどの娘のものでも、周囲にいる誰かの声でもない。どこからか聞こえたというより、新吉の頭の中だけで響いたような気がした。

（今の声は……）

小鳥のように高く澄んだその美しい声を、自分は知っている。

『綺麗ですね』

まただ。心の奥底に眠っている大切な記憶を呼び起こすかのように、美しい声が新吉の脳裏に繰り返し流れてくる。

『私の名は……』

心地良い声色が耳に届いた瞬間、新吉は目を見開く。そして、抜け落ちていた大切な情景が、頭の中で突如巻き戻されていくような不思議な感覚を覚えた。


――そうだ、あれは確か……。

＊＊＊

神田川沿いに並ぶ柳の木の中で、まるで隠れるようにひっそりと佇む稲荷神社。ここは、いつ訪れても人の気配がない。

そんな寂然とした稲荷で一人、女将《おかみ》のこしらえた握り飯を食う。そうしている時間が、千太《せんた》は好きだった。

不器用で何をやっても上手くいかず、皆に迷惑ばかりかけて一向に成長しない。千太は、そんな自分が情けなくて仕方がなかった。

今日もそうだ。早朝、丁稚の仕事である水撒きをしていたら、誤って客の草履にひっかけてしまった。客が情け深い人だったため怒鳴られるようなこともなく、『気をつけなさい』と優しく諭されるだけで済んだが、主の新之助《しんのすけ》にはこっぴどく叱られた。

けれどもう十六歳だ。泣いて許される歳はとうに過ぎている。それでも自分の不甲斐なさに泣きたくなった時は、昼飯の時間に合わせてこの稲荷へくる。

社《やしろ》に手を合わせた千太は、左隅にある大きな石の上に腰を下ろし、持っていた握り飯を食った。

こんなにも役立たずな自分を、新之助は決して見限らない。女将もいつも気にかけてくれて、他の奉公人も皆優しい。それなのに、自分は何をやっているのだ。いつになったら風花堂の役に立てる人間になれるのか。いっそ、自ら暇をくれと申し出たほうが皆の、風花堂のためなのではないか。

そんなことを思いながら、千太は握り飯を頬張る。ほんのり塩気のきいた握り飯が美味しすぎて、否応なく目の奥が熱くなった。

風花堂の菓子が好きな千太は、雑用をこなしながら菓子職人たちが菓子を作る様子をずっと見てきた。そのため風花堂の菓子ならば、実際にできるかは別として、名前も作り方も全部頭に入っている。

早く自分の手で作ってみたい。自分の作った菓子で、客を喜ばせたい。笑顔にしたい。だが弱音ばかり吐いているようでは、菓子作りなど夢のまた夢だろう。

最後のひと口を食べ切った千太は、ふーっと大きく息を吐いた。

下げている視線の先には、風によって運ばれてきた桜の花弁が散らばっている。地面が桜色に染まるのは、この時季ならではの風情だ。けれど、浸ってなどいられない。

なんとか気持ちを切り替えて立ち上がろうとした時、足音が聞こえた。鳥居の下に影が見え、人の気配を感じる。

何を思ったのか、千太は再び腰を下ろし、まるで隠れるように身を縮めた。

悪いことをしているわけではないのだが、ここで誰かと鉢合わせするのは初めてだったため、臆病な千太の体が勝手に動いてしまったのだ。

息をひそめていると、小さな鳥居をくぐったのは、桜……いや、桜色の小袖を着た若い娘だ。背丈は小柄な千太よりも少し小さく、歳も僅かに下に見える。気立ての良さを感じる見目だ。

娘は賽銭箱に一文銭を入れ、手を合わせた。何を願っているのか分からないが、随分と長いこと手を合わせてから、やがて目を開く。

ふっくらとした白い頬に似合う大きな目元に、千太は思わず見入ってしまった。幼くも見えるが、自分よりもずっと大人びているようにも思える。

すると、振り返った娘の視線が、隠れるようにして隅に座っている千太の視線と合ってしまった。

『ひゃっ』

驚いて小さな声を上げた娘に、千太は慌てて立ち上がって頭を下げた。

『ち、違うんです。あの、俺、その……握り飯を食ってて、この稲荷が好きで、一人になりたくて、その……。あ、仕事の合間なんで、えっと、怪しいもんじゃないんです……』

しどろもどろで何を言いたいのかまるで分からない。

けれど、そんな千太を前にした娘は、訝しんで叫ぶことも逃げ出すこともしなかった。

それどころか『ご飯の邪魔をしてしまって、申し訳ございません。こんなところに稲荷があるなんて知らなかったら、つい』と言って、微笑んでくれたのだ。

その瞬間、千太は自分の心の臓が止まった……ような気がした。

胸が締めつけられ、この世に生を受けた時からあたり前にしていたはずの呼吸が、うまくできない。痛くはないのだが、少し苦しい。

この娘に、何か不思議な術でもかけられたのかと本気で思うほどだった。

『あの、お、俺……千太です』

聞かれてもいないのに名乗ってしまったのは、黙っていたらこの娘が消えてしまうような気がしたからだ。

『あら、その法被《はっぴ》』

千太が着用している藍の法被を娘が指差した。

『もしかしたら、風花堂の方ですか？』

揃いの法被には屋号が縫われているため、ひと目で店の者だと分かる。

『あ、は、はい。一応。その、俺は下っ端で何もできないですし、皆さんに迷惑ばかりかけているので、風花堂の奉公人を名乗る資格などないのかもしれませんが。本当に、俺は不器用で、口下手で、いいところなどひとつもないうつけ者でして……』

千太は己の弱さや欠点を次々と吐き出した。

なぜこんなことを口走っているのか自分でも分からなかったが止められず、けれど娘は嫌な顔ひとつせずに黙って千太の言葉を受け入れてくれた。

『ご、ごめんなさい。あなたには関係のないことなのに、俺は何を言ってるんでしょう……』

見ず知らずの娘に自分の情けなさをさらけ出すなど、どうかしている。

羞恥を覚えた千太は、娘の視線から逃げるように頭を下げた。

『私、風花堂の菓子が大好きなんです』

春の鳥が鳴くような柔らかな声色に、千太は頭を起こした。

『だから、時折父上にお願いをして、買ってきてもらうの』

『そ、そうでございますか。それは、ありがとうございます』

自分自身は至らないが、店を褒められるのは千太にとっても喜ばしいことだ。

『千太さん、約束しましょう』

『……え？』

『いつか、千太さんの作った菓子を、私に食べさせてくださいませ』

『お、俺の？　いえ、そんな。俺はまだ手代でもなくて、菓子作りはまったく……』

『でも、作りたいのでしょう』

『そりゃあ、まぁ……』

『だったら、いつか作れるようになりますよ。自分の弱さを自分で分かっている人は、そういう自分を必ず乗り越えられます』

娘がにこりと微笑むと、どこからかやってきた桜の花弁が、娘の頭の上にふわりとのった。

『何か？』

ぼんやりと見つめる千太に、娘が問う。

『いや、すみません、その、桜が、頭に……』

『桜？　取ってくださいますか』

『あ、は、はい。では、失礼します』

千太は徐に手を伸ばし、髷を乱さぬようさわらぬようそっと優しく取り除き、それを手のひらにのせて差し出した。

『綺麗ですね』

娘がぽつりと呟いた瞬間、暖かい風が千太の手から花弁をさらい、舞い上げた。

泳ぐようにどこかへ飛んでいく花弁を目で追いながら、娘が言う。

『風花堂の千太さん。私の名は……――』

＊＊＊

大切なことを思い出した新吉は西へ走り、和泉橋《いずみばし》を少し過ぎたところで足を緩め、そして見つけた。

一度呼吸を整えた新吉は、柳の木に囲まれた小さな鳥居をくぐり、中へと足を踏み入れる。

「俺はここで、あのお方に……」

すべてを思い出したわけではないが、あの練切を作った理由はきっと……。

新吉はしばらく稲荷に留まり、考え込んだ。

一刻は過ぎただろうか。ようやく稲荷を出て、更に西へ進もうと足を進めた新吉は、正面から差す陽光に目を細める。

城へ戻って里沙に話さなければ。そう思うのだが、喉にまだ何かが引っかかっているようなもどかしさを感じ、自然と足も重くなる。

まだだ、やはりもう少し一人で考えたい。踵《きびす》を返した新吉は、神田川の土手に座り込んだ。

自分が溺れ死んだ川面を眺めているのもなんだか奇妙だが、新吉の頭の中は今、あの娘のことでいっぱいだ。ここで死んだ時のことは、すっかり頭から抜けている。

見知らぬ娘の頭に偶然桜の花弁がのった瞬間を目撃したことで、稲荷で出会った日のことを新吉は思い出した。

更に、あの稲荷で再び会ったことや次第に惹かれていったこと、あの娘のことを常に想っていたということ。そして恐らく、そう時間がかからないうちに、互いの心が通じ合ったことも。

しかし、それでもすべてを思い出したわけではない。

「はぁ……」

無意識にため息を吐き出した新吉は、膝を抱えた。

脳裏に浮かんだあの娘が、忘れてしまっていた大切な人だとしても、分からないことはまだある。

再び思いを巡らそうとした時、生い茂っている雑草が風に揺れて音を鳴らした。ちらりと横を見ると、座っている新吉のすぐ横に、いつの間にか何者かが立っているではないか。

「わっ！」

飛び上がるほど驚いた新吉は思わず声を上げ、目を丸くして隣を見上げる。

網代笠《あじろがさ》からのぞく細い目、墨染の衣に身を包んだ雲水《うんすい》と思しき者の手には、杖が握られている。考えごとをしていたから気づかなかっただけで、もしかするとずっとここにいたのだろうか。

あまりにも気配なく不意に現れたため魂消《たまげ》たけれど、それが生者だと気づいた新吉は、すぐに落ち着きを取り戻した。自分の姿は生者には見えないのだから、驚く必要などなかった。

再び娘に想いを巡らせ、深いため息をついた直後、

「どうか、なさったのですか」

度肝を抜かれた新吉は、両手を地面につけてのけ反った。声を発した相手を見上げながら、口をあんぐりと開く。

「な、なんで……だって、えっ？」

死んでも尚、二度もこのような形で仰天させられるとは。あまりの出来事に、新吉は我が目と耳を疑った。

「大丈夫ですか？」

身を案じる言葉は、やはり間違いなく自分に向けられている。つまり、この生者もまた、死者が見えるということになる。

僧侶についての知識が殆どない新吉は、僧侶とは死者が見えるものなのだろうかと考えた。それとも里沙と同じように、この者が特別ということなのか。

雲水、つまり場所を定めずに旅をする修行僧のような身形の男は、いまだ驚きを隠せない新吉の隣にそっと腰を下ろした。

「すみません。驚かせてしまいましたね」

その優しげな言葉とは裏腹に、僧と視線を合わせた新吉は戦慄した。

夕陽のせいかもしれないが、細い目の隙間から見えた瞳が一瞬、恐ろしげな赤黒い光を放ったように見えたからだ。

「あなた様は、死者ですね」

なんだか怖くなった新吉は、背中を丸めて膝を抱え、問われた言葉に答えることなくうつむく。

「私には、生まれつき死者が見えるのです」

亡霊が見える目を持つ者は里沙しかいないと思っていたが、そうではなかったことに再び衝撃を受ける新吉。

「……あ、あなた様も、亡霊が見えるんですか」

「私も？」

ほんの僅か、男の語気に鋭さが混ざる。

「あ、す、すいません。俺の知り合いでもう一人、俺のことが見える方がいるので」

僧は、息をするように静かに「そうですか」と返した。

亡霊が見える点ではこの僧も里沙と同じだが、何かが違う。新吉は、里沙と初めて会った時には感じなかった正体不明の違和感を覚え、開きかけた口を閉じた。

もう一度ちらりと目をやると、笠の下に見えるのは細い目と筋の通った鼻、白い肌に薄い唇。間近で見ると端正だが、佐之介とは違う妖艶さが僧の怪しさを更に助長している。

「何か、お悩みを抱えていらっしゃるのですか」

「いや、えっと……」

生前、あまり人を疑うことのなかった新吉が口ごもる。視線を下げ、透き通った体が自然と強張った。

「お顔を拝見していれば分かります。成仏できないのですね」

物腰柔らかい口調で尋ねられた新吉は顔を上げ、疑念を抱きながらも静かに頷く。

「よろしければ、お聞かせ願えませんか。私に、あなたを救う手助けをさせてください」

得体の知れないこの僧は、頭の中に直接語りかけてくるような不思議な声を持っていた。

「し、しかし……」

里沙や佐之介になんの相談もせず、勝手に話してしまっていいのだろうか。

「どうか、私を信じてください。いえ、信じなくてもいい。ただ、あなたのお心にある痛みや苦しみを、私に分けてはいただけないでしょうか」

新吉の中に生じていた警戒心と迷いが、僧の声によって徐々に薄れていく。

男にしては高く、しかし落ち着いていてどこか重みもある。何より、水のように透き通った声は、新吉の心を不思議なほどに落ち着かせてくれた。

「お、俺は……去年の八朔の日に命を落としたのですが、目が覚めた時、たったひとつの記憶だけを失っていました」

新吉は、己のことを僧に聞かせた。

大切に想う誰かの記憶だけが抜け落ちてしまっていたこと。成仏するために協力してくれている人物が、他に二人いること。そのうちの一人は生者で、もう一人は姿が鮮明な、一見すると生者のように見える亡霊だということ。そしてつい先刻、忘れてしまっていた大切な人が誰なのかを思い出したことも。

話そうと決心したわけでも、僧を心から信頼したわけでもない。ただ導かれるように口を開いた新吉は、最後まで言い切ってからため息をついた。

「……すいません。見ず知らずの方に、こんな話をしてしまって」

「私が聞かせてくださいと頼んだのですから、謝らないでください。話してくださり、ありがとうございます」

新吉は頭を起こし、隣の僧へ顔を向けた。

「とても、おつらかったのですね」

僧の声が耳に届くと、新吉は苦しみから解き放たれたような感覚に陥り、自然と涙をこぼしていた。

「あ、あれ……なんで、涙なんか……」

「私に話してくださったことで、心が軽くなったのでしょう」

僧の目を真っ直ぐ見つめていた新吉の顔から、いつの間にか訝る気持ちが消えている。

「ただ、ひとつ気になったのですが、新吉殿をお救いするためにあえてお尋ねします。心を通わせたその大切なお方は、なぜあなたの側にいなかったのでしょうか」

新吉が思い出せず疑問に思っていたことを、僧が代わりに口にする。

「約束をしたのですよね。新吉殿が作った菓子を食べさせてくれと」

「はい……」

力なく答えた新吉を見て、僧は続けた。

「新吉殿は菓子を作った。そしてその菓子を、約束通りそのお方に食べてもらおうと思ったのですね」

「えぇ、恐らくそうです。俺はあの日、自分で考案した菓子を届けに行こうとしていたんです。多分。だけど、その途中で……」

命を落としてしまったのだ。

「菓子を食べてもらいたいのなら、店に足を運んでもらえばよかったのではないですか？」

顔を上げた新吉は、僧の細い目を見つめながら、首を横に振った。

「それは、できません」

「なぜです」

「それは……あのお方が、お武家様の姫君だからです」

菓子職人が気軽に話せる相手でも、ましてや一緒になることなど不可能な相手。だから新吉は、会う時はあの稲荷と決めていた。

いつ来るか分からないため、新吉は毎日、昼飯の度に稲荷に行った。

武家の姫君が一人で出歩くことは難しく、お付きの者が何かに気を取られている間や、言いわけをしてどうにか目を盗んで稲荷に行くしかなかったのだろう。そのため、姫君と会える時間はほんの僅か。

「俺は、あの方と一緒になろうなんて、そんな不相応なことは一切考えていませんでした。ただ、ただ一度だけ、俺の作った菓子を食べてほしかった」

だが、叶うことなく新吉は死んでしまった。

「しかし、おかしいですね。話を聞いた限り、新吉殿が手代となったのは一昨年。その頃には菓子作りも任されていたのではないですか？」

「え、えぇ、その通りです。餡炊きはすでにやっていたんで、俺は手代になってすぐ、菓子作りをひとつずつやらせていただきました」

「では、新吉殿が作った菓子も、昨年の八朔ではなく、もっと早くそのお方に食べていただくことができたはず。つまり、そこには何かまだ重要な事実が隠されているのではないでしょうか」

亡くなる前から菓子作りはしていたのに、なぜ菓子を持って行こうと思ったのが昨年の八朔の日だったのか。

「どうしてもっと早くに渡さなかったのでしょう」

武家の姫君だからという理由だけではない、何かが……。

「あなたにはもう、見えているはず」

ゆったりと心地良い僧の声が脳裏に響くと、消えていた過去が次第に浮かび上がる。

「さぁ、思い出してください」

新吉は、夢から覚めたように目を見開いた。

「そうだ、俺は会っていなかったんだ。互いに想い合っていたはずなのに、手代になる一年程前から、あの方とは一度も……」

心を通わせたあとも、いつかまた会えると信じて新吉は毎日あの稲荷へ足を運んだ。けれど、いつからか会えなくなったのだ。なぜ会えなくなったのかは、思い出せない。

――なるほど。文政五年から会っていない、ということか。

自分自身に向けて囁いた僧の忍び声は、考え込んでいる新吉の耳には入らなかった。

「そのお方の名を、聞かせてくださいませんか。そうすれば、私は新吉殿を救って差し上げられる。その哀れなお心にかかる黒い霧を、祓ってみせます」

「ほ、本当ですか？」

新吉は、すがるように顔を寄せた。それほどまでに思い出したいと願っているのだ。すべての真実を明らかにし、心のもやを取り除きたいと。

「はい。私が必ず救って差し上げますので、どうかお教えください」

僧の声に導かれ、新吉はぽろりと涙をこぼす。

「そのお方の名は……――」

新吉が告げると、僧はうつむいた。笠で表情はうかがえないが、口角の上がった薄い唇だけが見えている。

先ほどまで吹いていた温かな風が、突如ひんやりと肌に刺さるような冷たさに変わり、新吉の頬をかすめた。

思い当たる節があるのか、あるいは何か懸念でもあるのか、新吉の口から名を聞いた僧は、顔を上げて瞑想にふけっている。その横で、新吉は暮れゆく空を茫然と見上げた。

空が永遠に暗い雲に覆われたままなら、この世はどうなるのだろう。

家族、恩人、仲間、大切な人、皆は生きているというのに、どうして自分だけが死ななければならなかったのか。なぜ、自分だけが……。

桜のように散ってしまった己の儚い人生には、はたして意味があったのだろうか。

すべてを打ち明けて軽くなったはずの心が、なぜか憂愁に沈み、嫌な考えばかりが繰り返し渦巻いてしまう。

どれほど経ったのか、やがて瞼を開いた僧は、驚くべき言葉を口にした。

「新吉殿、大変申し上げにくいことではありますが、何度考えても辿り着く答えはひとつしかないのです」

「そ、それは、なんなのでしょうか！」

早く答えが知りたいと、気持ちが急《せ》く。

「恐らく新吉殿は、そのお方に裏切られたのでしょう」

「う、裏切り？」

新吉には理解できなかった。裏切りとはなんだ。あのように純粋無垢な笑みを浮かべてくださったお方が？　そんなはずはないだろうと。

「納得がいかないというお顔ですね」

「と、当然です。あのお方は、いつも私にお優しい言葉を――」

「ではなぜ、そのお方はあなたに会いに来なかったのです。そして新吉殿はなぜ、成仏せずに今もここにいるのですか」

刃のような鋭さを含む僧の美声が、新吉の胸に突き刺さる。

「それは……」

成仏するには記憶を取り戻さなければならないのだと、確かに里沙も言っていた。だが、失くした記憶、大切な人の記憶を思い出したというのに、新吉は成仏できていない。

「成仏していないという現状が、何よりの証拠。まだ終わりではないのです。新吉殿は、心残りを解消しなければならない」

「こ、心残りって、何を、どうすれば」

西へ沈んでいく夕陽が、僧の背後を赤々と照らしている。それはまるで、江戸の町を幾度も呑み込んできた大火のように。

「簡単なことですよ。晴らせばいいのです。怨みを」

「怨み!?　そんな、俺はそんなもの」

「ないというのなら、やはり新吉殿は、そのお方が会いに来なかったわけを何もご存じないのですね」

僧は、哀れむような眼差しを新吉に向けた。

「大丈夫。私はあなたの味方です。教えて差し上げましょう、そのお方がなぜあなたを裏切ったのか。真相を、すべて。その上でどうするかは、新吉殿自身がお決めになること」

糸のように細く長い僧の目が、新吉に向いた。微かに開いた瞼の隙間から、赤黒い瞳が見える。

「新吉殿の大切なお方、――は……――」

ずしりと重い僧の言葉が、新吉の心の隙間に次々と入り込んでくる。

話を聞いているうちに、脳裏に浮かぶ大切な人の顔が少しずつ崩れ落ちていくような感覚になり、新吉は恐怖を覚えた。

壊れていく姿をこれ以上見たくないと目を瞑るも、僧の言葉が否応なしに真実を見よと語りかけてくる。

「――あの人が、そんな……」

二人で過ごした時間が粉々に砕け散るような絶望に、新吉は顔を歪めた。

「信じていたのに……」

心が麻痺し、これまで感じたことのないどろどろとした黒い何かが、湧き上がってくる。

「人とは、なんと欲深い生き物なのか。偽りの想いに惑わされなければ、新吉殿はきっと、江戸で一番の菓子職人になれたことでしょう」

今にも消えてしまいそうなほど儚い新吉の体が、無意識に震えた。

「菓子……職人……。俺は、もっと……」

両の目から、涙がこぼれ落ちる。

「待っていたんだ……ずっと、ずっと……」

「えぇ、あなたは何も悪くない。想いが深ければ深いほど、怨みも強くなる。慕情と憎しみは常に隣り合わせなのです」

僧が静かに微笑むと、新吉は唇を噛み、拳を強く握った。

「怨みを晴らすというのは、何も悪いことではございません。新吉殿の心が救われるのと同時に、欲に染まった者の心を白く綺麗にして差し上げられるのですから」

「出会った頃のような、純粋で温かかったあのお方に」

「そう、新吉殿から菓子作りを奪ったそのお方を、元の姿に戻してあげればよいのです」

大好きな菓子作りは、もう二度とできない。

新之助や母が誇りに思ってくれた菓子職人は、死んだのだ。

この先も続くはずだった未来が閉ざされてしまったのは、あのお方が自分を裏切り欲に溺れたから。救わなければ。子供を助けたように、あのお方も……。

色を失った新吉の顔から喜びが、幸福が、桜のような明るさが消えていき、優しかった瞳が妖しげな真紅の光を放つ。

「私には導くことしかできません。決めるのは、新吉殿です」

触れることのできないはずの僧の手が、いつの間にか新吉の肩にのっている。それとも、そう感じるだけなのか。

寄り添った僧は、もう片方の手で笠をほんの僅かに上げ、新吉の耳元で囁く。

「何も恐れる必要はありません。黒く染まってしまった大切な人の心を、あなたの手で一度、終わらせてあげればいいだけのことです――」

＊

同時刻。

呉服の間にて呼び起こされた記憶が誠の記憶なのか、それを確かめるため城を出た佐之介は、新大橋の前に立っていた。

佐之介は目を瞑り、日が沈みかけていることにも気づかぬまま、朧げに見えはじめた記憶の一部を頭の中で辿り続けている。

亡霊として呼び起こされた瞬間と、初めてこの世に生を受けた瞬間は、少し似ている気がした。無論、赤子だった頃を覚えているわけではないが、光を見た時のあの感覚は、きっと同じに違いない……――。


光も音もない闇の世界で、永年にわたり繰り返される悪夢。

いっそ、すべてを忘れて静かに眠りたい。そう思う反面、僅かに残る己の意志が「忘れるな」と絶えず訴えかけてくる。

相反する感情がぶつかり合うことで、辛うじて現《うつ》し世に留まっていられたが、さりとて闇から抜け出す術などない。

もはやなぜ闇の中にいるのかさえも分からなくなり、深い悲しみや怒りと共に薄れていく記憶。己が誰なのかさえ分からない。

もう、どうでもいい。ここから出られたとしても、待っているのは孤独のみ。闇に呑まれてしまおう。このまま永遠に……。

すべての思考を停止し、諦め、闇を受け入れようとした刹那、突如として頭の中に音が響いた。

起きろと頭を揺さぶられるように、無だった世界に音が生まれる。同時に、二度と見ることはないと思っていた光が、瞼の裏に差した。

よもや、誰かが己を起こしているなどということはあるまい。あるとすれば死神だけだ。けれど鮮明になるにつれ、その声が女のものだと気づく。

『……大丈夫ですか』

この永い闇から抜け出せるのなら、地獄へと誘《いざな》う死神が女でも男でも、物の怪だろうと構わない。

閉じられていた佐之介の瞼が、ぴくりと動く。そして、細く開いた隙間から強い光が差し込んだ。痛みを感じるほどに眩しい。だが、ここで再び目を閉じてしまったら、またあの闇の中へ戻されてしまうような気がした。

強い光に耐えながら、徐々に開いていく視界の先に、一人の女の顔が映る。

『よかった。眠っていらしただけなのですね』

女は安堵したようにほっと息を吐く。確かに悪夢は見ていたが、眠っていたとは言いがたい。

呆然とした視線を女に向けていると、周囲の喧騒が佐之介の耳に届きはじめた。

何を話しているのか、どういう意味なのか、忙しなく繰り返される言葉の数々を理解するのには少し時間がかかった。

〝うちの男どもが怖がりでさぁ〟

〝俺んとこの魚は新鮮だよ〟

〝あそこの菓子屋の饅頭が絶品なんだ〟

〝そうだな、俺は湯屋にでも行くさ〟

——あぁそうか。人の声とは、言葉とは、確かにこのようなものであった。

周囲の言葉に釣られるように、佐之介は永らく閉じていた唇を微かに開く。

『……せっ……お、俺……俺は……』

だが、何を言えばいいのか分からない。横たわっていた体を徐に起こし辺りを見回すと、聞こえていた人々の声は頭上から響いていたものだと気づく。眼前に広がるのは川。ここは、どこかの橋の袂だろうか。

刻一刻と過ぎていく中、小さな記憶がぽつりぽつりと佐之介の脳裏で弾け、それらが次第に鮮明になっていく。

見える景色や言葉は分かる。だが……。

『お体を支えて差し上げることができず、すみません。どうかまだ、無理はなさらずに』

両手を開き、小声で伝えてきた女は、決して己に手を伸ばそうとはしない。

なぜなのかを理解するには、それほど時間はかからなかった。

『恐らく、とても長く眠っていたようにお見受けしますが、ご自分の名は覚えていらっしゃいますか』

　女に問われた瞬間、どこからか『佐之介』と言う声が聞こえた気がした。誰のものかは不明だけれど、その声は己を呼んでいる。佐之介は本能でそう感じた。

『……佐之介と、呼ばれていた気がする』

『佐之介さんですね。私は——と申します。佐之介さんは、ご自分がお亡くなりになっているということはお分かりですか』

　少しも濁すことなく率直に問う女に、佐之介は頷いた。

『暗闇の中で、悪夢を見続けていたように思う』

　それはとてつもなく永いようで、今となっては一瞬だったようにも思える。何も覚えていないが、死んでいるということだけは理解できた。

　長い間浴びることのなかった強い陽の光は驚くほどまばゆいのに、暖かさは一切感じず、胸に手を当ててみても、生きている証はまったく動いていない。

『だが、いつどうやって死んだのか、何も思い出せないのだ……』

『やはりそうなのですね。成仏するには、忘れてしまった記憶を思い出す必要があります。そのために、私にできることがあればお助けしますので』

　——成仏するには。

　死んだというのに現に留まり、永く暗闇の中にいたのはなぜなのか。また、こうして呼び起こされてもなお成仏できないのは、どういうわけなのか。思考が鈍っていて何から考えればいいのか分からないが、今は考えても無駄なのかもしれない。

静かに息を吐き、周囲に目を向けた。

生きていた頃にはあたり前だったはずの光景も、今の佐之介にはすべてが眩しく鮮やかに映る。

ただ歩いているだけなのに、行き交う人々の表情は、なぜこんなにも活気に満ちているのだろうか。

『ここにいる者はなぜ皆、あのような顔をしているのだ』

『難しい質問ですが、日一日を懸命に生きているからでしょうか』

『生きている……』

『佐之介さんも生きていらした頃はきっと、同じように毎日を懸命に生きていたのではないですか』

女の言葉に、佐之介は肯定も否定もできなかった。

生きていた頃、自分は何者だったのだろうか。目を覚ます以前のことが黒く塗りつぶされていて、何も見えない――。

ゆっくりと立ち上がった佐之介は、袂から橋の上へと移動した。

橋を渡る人々が佐之介の存在に気づくことはない。避けることもぶつかることもなく、あたり前のように佐之介の体をすり抜けて行く。

『ここは新大橋です』

前を歩いている女が振り返り、左手を指した。

『見覚えはありませんか？　初雪やかけかゝりたる橋の上。当時、深川に住んでいた松尾芭蕉が新大橋のことを詠んだ句です』

『いや、すまない。何も……』

『そうですか。やはり分からないんですね。ということは、新大橋が架かる前に……ということでしょうか』

そう言って悩ましげに首を捻る女を、周囲の人々は不思議そうに一瞥していく。その様子に、佐之介ははたと目を見開いた。

己の姿が見え、話ができるこの者は、いったい……――。


一部の記憶が蘇った佐之介は、ゆっくりと瞼を開いた。

家族のことも育った場所も、なぜ死んでしまったのかさえ、目を覚ました時は何も分からなかった。だが今は、黒く塗り潰された過去が少しずつ少しずつ剥がれていくような、そんな感覚が確かにある。

そして、忘れていた新たな記憶がまたひとつ、佐之介の頭を過った。

『城外門番役に就くことになった』

縁側に座しているその大きな背中は、恐らく父だ。子供だった佐之介は父のうしろに控え、家の中にいる顔の見えない母らしき人物は、小さな赤子を抱いている。弟だろう。

『本当ですか!?』

『何を驚いているのだ、佐之介。いずれはお前のお役目となるのだぞ』

家督を継ぐことへの心構えのようなものが己の中で芽生えはじめたのは、この父の言葉がきっかけだったように思う。

続けて、父が門番として就いた場所も思い出した佐之介は、

「浅草御門……」

そう呟き、はっと顔を上げて急ぎ北へ向かった。

宵五ツ（午後八時）から、四半刻は過ぎただろうか。空を染めていたはずの燃えるような夕日は、とうに闇に呑み込まれている。あれだけ賑わっていた両国廣小路からも、人影が減っていた。

浅草御門の前に立ち思慮を巡らすも、父や自分が門番役に就いていた時のことは何ひとつ思い出せない。だが、己を呼び起こしてくれた女について、なぜ死者が見え話ができたのか、なぜ亡霊を前にしても平然としていられたのか。確証はないけれど、佐之介は分かった気がした。

その理由は、きっと……。

＊

宵五ツ半（午後九時）になっても、佐之介と新吉の姿は大奥にない。

「いったいどうしたのでしょう」

里沙が不安に苛まれていると、一度戻ったはずの松《まつ》が再び二階に顔を見せた。

「お松さん、どうなさったのですか？」

間もなく就寝の刻限。忘れた物はないはずだが、急ぎの用だろうか。

「お里沙こそ酷く沈んだ顔をしてるけど、どうしたのよ」

文机の前に座っていた里沙の側に、松は腰を下ろす。

「いえ、佐之介さんと新吉さんがまだ戻られないので、少し心配になってしまっただけです」

「そっか。帰ってこなくて不安になる気持ちは分からなくもないけど、まぁあの二人は亡霊だし大丈夫よ」

すでに死んでいるのだから、刃傷沙汰《にんじょうざた》に巻き込まれるようなことや事故に遭って命を落とす心配はない。けれど夜になっても戻らないというのは、やはり気掛かりだ。

もし、あの夢に見たという女が佐之介の大事な人だったとして、城を出ている間にそれを思い出したとしたら、佐之介はどうするだろう。

「そうなんですが、知らない間に成仏していたらと思うと、私は……」

心の内側にあった言葉を無意識にこぼすと、言いようのない切なさがこみ上げてきた。

――このまま、もう二度と会えなかったら。

胸の奥に息苦しさを感じた瞬間、松が里沙の背中を優しく叩いた。

「大丈夫よ！　あの佐之介が勝手にいなくなるわけないじゃない。成仏するにしたって、一度お里沙のところへきて、ちゃんと今までありがとうございましたってお礼を伝えて、それで成仏するに決まってるでしょ」

「いえ、あのお松さん。私は、そういうことでは」

「なんなら、最後に菓子のひとつでも差し出すくらい実直な侍なんでしょ、佐之介は」

わざと眉間にしわを寄せて真面目な顔をする松がおかしくて、里沙は思わず噴き出してしまった。

「やっと笑ったわね。あんまり暗いから、放っておいたらそのまま亡霊みたいに見えなくなるんじゃないかって心配になったわよ」

「私、そのような顔をしていたんですね」

佐之介が成仏することを想像して暗くなるなど、成仏してほしくないと言っているようなものではないか。記憶を取り戻し、成仏することが佐之介のためだというのに。これでは御幽筆失格だ。

思いきりしわを寄せた里沙の眉間に、松の指先が触れる。

「なんて顔してるのよ、お里沙。気持ちは分かるけど、佐之介はきっと大丈夫。ただの勘だけど、私が言うんだから間違いないわ。だからさ、それについて色々と思い悩むのはあとにしましょう」

里沙の思いを悟った松は、そう言って続けた。

「本題に入るけど、こんな時間にまた来たのは、さっき野村《のむら》様から聞いた話を早くお里沙に伝えたかったからなの」

「何かあったのですか」

「お美津《みつ》の方様のことよ。さっき話したでしょ？　大奥に入る前のことは分からないんだから、誰かの怨みを買っていたということもあるかもしれないって」

「はい。話しました」

「実は、お美津の方様が大奥に上がった経緯を野村様から聞いたのよ。それが少し変わっていてね。お美津の方様は当初、奥女中になるためではなくて、西の丸で女中をしている姉君に会いに来ていただけだったの、それが――」

大奥法度の中には、宿下がりのない御目見以上の女中は、女の親族と男は九歳以下の子、兄弟、甥、孫に限り呼び寄せても構わないとある。そのためお美津の方も、姉に会いに来ていた。

その日は丁度、家慶《いえよし》付きの御中臈を選ぶ日だったのだが、候補となった三人のうちの一人が現れなかったのだ。

家慶に「一人来ません」などと言えるはずもなく、苦肉の策として、たまたま遊びに来ていた若いお美津の方を代役として立てた。

とりあえず形だけ。お美津の方本人はもとより誰もがそう思っていたのだが、結果的に家慶は、お美津の方を気に入ってしまった。そうなれば、もう断ることなどできない。

そうしてお美津の方は家に戻ることなく、そのまま文政五年に奥女中となった。

「で、あとはお里沙も知っての通り翌年に御中臈となって、昨年、文政七年の卯月に政之助様をお産みになられたってわけ」

「そんなことがあったなんて、知りませんでした」

つまり、ただ少し遊びに来ただけのつもりが、その日を境に一生城の中で暮らさなくてはならなくなったということになる。

「出世したいとか、将軍様の目に留まっていずれは将軍生母になりたいと願っていたのなら、その展開は幸運としか言いようがないよ。けれどそうじゃなかったらって考えた時に、もしかするとこれは、お里沙に話すべきなんじゃないかって思ったの」

「お松さん、お忙しいのにありがとうございます。お松さんのおっしゃる通り、城に残ることがお美津の方様の本望ではなかったとしたら、会いたい誰かが城の外にいたということになります」

里沙の言葉を受け、松は同意するように深く頷いた。

憶測でしかないが、本当にそういう相手がいたとしたら、突然もう二度と会えないと知ったお美津の方はどう思っただろうか。それは、相手も同じこと。側室となったお美津の方に会いたいと願った場合、どうしたら叶うのか。

いや、会いたいと願うだけならまだいい。もしもその願いがまったく別の形に変わってしまったとしたらどうだろう。あるいは、会えないことで怨みを抱くことも……。

「勝手なことは言えないけど、お美津の方様の今の状況を考えたら、奥入りした経緯が無関係だとは思えなくてさ」

「そうですね。お美津の方様が何か隠しているのは明らかですし、明日もう一度話を聞いてみます」

「うん。野村様には戻ったら私が伝えておくから、ひとまず今日はゆっくり休んで」

「はい。ありがとうございます」

松が部屋を出てすぐ、夜四ツ（午後十時）の鐘が鳴った。

里沙は部屋の奥に敷いた蒲団に横になりながら、中央に置かれている屏風《びょうぶ》に目を向ける。

いくら亡霊とはいえ、眠っている姿を佐之介に見られるのは恥ずかしいので、夜になるとこうして屏風を挟んで寝床を分けているのだ。

金地に花鳥が描かれた屏風の先には、いつもなら佐之介の姿があるはずなのだが、今日はまだない。

里沙が眠るまでに佐之介が部屋に戻らないのは初めてなので、里沙は少し不安だった。その上、新吉までもがまだ戻っていないのだから余計だ。

気を揉みながら二人の帰りを待っていたが、眠気は否応なく里沙を襲う。

小さな声で無意識に佐之介の名を呟いたのち、やがて深い眠りへと落ちていった。

＊

瞼に薄い明かりが差すと、はっと目を開いた里沙は、屏風に顔を向けた。明け六ツ（午前六時）の鐘が鳴り、里沙はゆっくりと起き上がる。

徐に近づいて屏風の先をそっとのぞいた瞬間、天井を見上げて思わず深い息を吐いた。

「佐之介さん……」

里沙がその名を囁くと、座ったまま目を閉じていた佐之介が、顔を上げる。

「お里沙、もう起きたのか」

「もう起きたのか、じゃないですよ。いつお帰りになったのですか」

里沙は飛びつくような勢いで佐之介の前に膝をついた。

「あ、あぁ、ここに戻ってきたのは恐らく、夜八ツ（午前二時）頃だろうか」

珍しく語気を強めた里沙の勢いに圧され、佐之介は僅かにたじろいだ。

「なかなかお戻りにならないから、心配したんですよ」

いつもは穏やかな里沙が唇を尖らせたことに佐之介は驚いているが、同時に身を案じてくれていたことに小さな喜びも感じているのか、少しだけ笑みを浮かべた。

「そこまで心配をかけていたとは知らず、すまなかった」

「いえ、お松さんにも佐之介さんなら大丈夫だと言われたんですが、なんだか不安になってしまって。でも、ご無事で何よりです」

成仏してしまうことへの憂いや、二度と会えなくなるかもしれないと思った時に感じた息苦しさは心の奥に隠し、里沙は笑みを浮かべた。

「今日は総触れのあとに、お美津の方様のところへおうかがいしようと思うのですが、佐之介さんは」

「もちろん、共に行こう」

やはり、隣に佐之介がいてくれると思うだけで心強い。

愁眉を開いた里沙は、できることならこの先もまだ、佐之介と共に迷える亡霊たちを助けたいと密かに願った。

無事に戻った佐之介と再び西の丸大奥へ向かったのは、昼四ツ半（午前十一時）。

部屋を出て急ぎ歩いていた里沙の目に、その場に相応しくない者の姿が映った。季節が後戻りしたかのような冷ややかな風が吹く庭に佇み、霞む空をぼうっと仰いでいる。

「新吉ではないか」

忙しなく働く奥女中の前で、里沙が亡霊に声をかけるわけにはいかないため、それを即座に察した佐之介が口を開いた。だが、新吉はなんの反応も示さない。気づいていないのか。

「新吉」

もう一度声をかけると、新吉はびくりと肩を揺らした。

「戻っていらしたんですね」

周囲を気にしながら里沙も小さく声をかけ、ひとまずほっとした。記憶を呼び起こすきっかけを見つけるために、きっと江戸の町をたくさん歩いたのだろう。

だが、背を向けていた新吉が振り返った瞬間、里沙の中に再び言い知れぬ不安が過る。

「新吉さん、どうかなさったのですか」

「……いいえ」

里沙の目に映る新吉の様子が、どこかおかしい。何がと問われると明確には答えられないのだが、新大橋の前で別れた時の新吉とは、何かが違う。

顔が変わったわけではない。だが昨日までの、気は弱いけれど心の優しい菓子職人とは纏う空気が違っている気がした。

佐之介も感じているのか、腕を組み、探るような視線を新吉に送っている。

「新吉さん、何かあったのですか」

何度問いかけても、新吉は「いいえ」としか答えない。

声もそうだ。『なんで成仏できないんでしょうか』と言って、狼狽えながら助けを求めてきた時の新吉ではない。新吉から常に感じられていた成仏できないことへの不安が、違う〝何か〟に変わっている気がした。

この違和感はなんなのだろう。今すぐ話を聞いてそれを明らかにしたいのだが、お美津の方に会いに行かなければならない。お美津の方とはそう何度も会えるわけではないので、機会を逃すわけにはいかないのだ。

「新吉さん。私は今から少しここを離れなければならないので、戻ったら話をしましょう。半刻ほどで戻れると思いますので」

新吉は「分かりました」と一応返事をするも、里沙と目を合わせることはない。

「新吉、本当に大丈夫なのか。俺がここに残ってお里沙が戻るのを一緒に待っていてもいいのだが」

「心配はご無用です」

佐之介の提案にも抑揚のない声を発し、新吉はまた空を見上げた。

「では、必ず部屋で待っていてくださいね」

不安は拭えないが、命を脅かされ、苦しんでいるお美津の方のためにも足を止めるわけにはいかない。

佇む新吉を何度も振り返りながら、二人は先を急いだ。

お美津の方の部屋を訪れた里沙は、頭を下げながら「お話がございます」と早々に告げた。佐之介は里沙を見守るようにしてうしろに立っている。

お付きの女中は外に控えさせ、二人と亡霊一人になった部屋の中。昨日よりも更に薄暗く感じるのは、天気のせいだろうか。

蒲団に横たわっているお美津の方の様子は変わらず、生きる気力を失った弱々しい視線を天井に向けている。

「何度も申し訳ございません。ですが、お美津の方様にかけられた〝呪い〟を解くためにも、お話を聞いていただけないでしょうか」

何も答えないお美津の方を前に、里沙は続けた。

「恐れながら、お叱りを受ける覚悟で申し上げます」

将軍世子である家慶の子を産んだ側室に、数多いる奥女中の一人にすぎない自分が己の私感を容易く述べていいはずがない。場合によっては気分を損ね、大奥から追放されることも考えられなくはないのだ。

けれど、それでも確かめなければ、お美津の方を助けるどころか、一歩も進めないまま終わってしまうかもしれない。

すべてはお美津の方を救いたいという一心で、里沙は静かに息を吸い、口を開いた。

「奥女中となったことは、お美津の方様にとって誠に喜ばしいことだったのでしょうか。城へ留まることが決定した際、お美津の方様には、どなたか……会いたいと願ったお方はおられなかったのですか」

両手をついたまま言い切った里沙は、ゆっくりと頭を上げた。すると、その目にお美津の方の姿が映った瞬間、息を呑む。

大きな瞳からは涙が溢れ、こぼれ落ちる涙を拭うことなく、お美津の方はただじっと天井を見つめていた。

この表情を見ただけで、里沙は理解した。お美津の方は、決して奥女中となることを望んだわけではない。城へ留まりたかったわけではないのだと。

ならばやはり、会いたい誰かがいたのだろうか。想い合う相手がいたけれど、突然城から出ることが叶わなくなり、二度と会えなくなった。

相手も同じく、明日も会えると思っていたお美津の方が目の前から突如消えてしまった。

その時、残された者が詳しい理由を知らされないままだとしたら、『裏切られた』と思うかもしれない。何より、お美津の方自身が言ったのだ。自分はあるお方を裏切った、呪われて当然なのだと。

「お美津の方様、お話し願えないでしょうか。詳しい事情が分かれば、お美津の方様を苦しみから救って差し上げられるかもしれません」

里沙に呪いを祓う術などないが、相手を見つけ、会えないのはお美津の方の本望ではなかったのだと告げることはできる。膝をつき、頭を下げ、どうかお美津の方を苦しめないでくれと心から嘆願することはできる。

だがそれとは別に、里沙の心の中にはもうひとつの可能性が浮かんでいた。

「お里沙さん」

ようやく声を発してくれたお美津の方の言葉を聞き逃さないよう、里沙は顔を寄せたのだが……。

「何か思い違いをされているようですが、私には会いたい者などおりません。私が大切に想うお方は、家慶様と政之助だけにございます。今も昔も、他には誰も……」

涙を拭ったお美津の方は眉間に力を込め、唇を震わせた。

言葉と表情が、あまりにも矛盾している。

「ではなぜ、そのようにおつらそうな顔をなさるのですか。お願いです、会いたいと願ったお方がいるのなら、どうか本当のことをお教えくださいませ。私は、お美津の方様の笑顔が見たいのです」

つらい思いを抱えている人や亡霊を救いたいと願ってここにいるのに、このままでは体が衰弱して本当に命を落としてしまう。

「お里沙さんは、お優しい方なのですね。私のような者のために、泣いてくれるのですから」

お美津の方に言われ、里沙は初めて自分の目から涙がこぼれていることに気づいた。つらいのはお美津の方なのだから、泣いてはいけないと堪えているつもりだったのに。

「でも、もういいのです。この苦しみは、私に与えられた罰なのです。政之助も、世話をすることもままならないこんな母より、乳母《うば》の歌橋《うたはし》に育てられたほうが幸福でしょう」

「そんな！　そんなことはありません。母君であるお美津の方様がいてこそ若君は」

「お里沙さん、私には会いたい者などいません。誰も、いなかったのです」

「お美津の方様」

「少し眠りたい……」

お美津の方が目を閉じると、外で控えていたお付きの女中が襖を開けた。

膝に置いた拳を強く握る里沙の背中に、佐之介がそっと手を置く。

「大丈夫だ。お里沙の思いはきっと、お美津の方様に伝わっている」

触れられないはずの手から伝わる温もりと佐之介の優しさに、里沙はまたも涙が溢れそうになる。

返事ができない代わりに唇を強く結んで小さく頷いた里沙は、ゆっくりと立ち上がった。

「お里沙さん」

聞こえてきたか細い声に、部屋を出ようとした里沙は振り返る。

「昨日の菓子が大変美味しかったので、またいつか、持ってきてくださいますか……」

お美津の方の消え入りそうなその言葉の中に、僅かな疑問を見出した里沙は、ちらりと佐之介に目をやってから頷く。

「もちろんでございます。何度でも、お持ちいたします」

だが、その疑問は一度胸の中にしまい込み、お美津の方の申し入れを受け止めた里沙は、部屋をあとにした。

「お美津の方様は、なぜ真実を言わないのだろうか」

半歩うしろを歩く佐之介が呟いた。

「もしかすると、言えないのかもしれません」

誰が見ても偽っていることは明らかなのに口を閉ざす意味が、言わないのではなく言えないのだとしたら、その理由は……。

思い悩みながらも、立ち止まってはいられない。急いで本丸大奥へと戻った二人は、三の側の自室へ梯子を上った。

「新吉さん」

部屋へ踏み入れるのと同時に声をかけたが返事はなく、姿も見当たらない。

里沙は障子戸を開けて廊下も確認する。佐之介が周囲を見て回ったけれど、一階にも庭にも、長局のどこにも新吉はいなかった。

（新吉さん、いったいどこへ……）

「私があの時、もっとしっかり話を聞いていれば」

新吉は亡霊らしく透き通っているけれど、まるで生きているかのように悩んだり喜んだり涙を流していた。表情を見るだけで気持ちが伝わってきたはずなのに、あの時の新吉からはなんの感情も読み取れなかった。

やっぱり何かあったのだ。それなのに新吉の話をしっかり聞いてやる余裕がなく、後回しにしてしまった。もしも新吉の身に何か起こってしまっていたら……。

「とにかく早く探さなければ。えっと、まずはもう一度長局を回って、それから御殿向にも行って――」

両眉を寄せて梯子に向かう里沙の視線の先に、藍色の衣の裾が映った。

「お里沙、落ち着け」

今にも泣き出しそうな目で見上げると、佐之介は穏和な表情で里沙を見つめている。

「不安に駆られる気持ちは分かるが、ただ闇雲に探しても意味はない」

手掛かりなしに人を一人探すのが、どれだけ困難なことか。ましてや相手は亡霊。誰かに助けを求めることもできない上に、透けている新吉の姿は佐之介と違って見つけにくい。人の多い江戸の町では尚更だ。

「ですが、何もしないわけにはいきません」

「あぁ。だからこそ、後悔の念に駆られながら無暗に行動するよりもまず、お里沙にできることを共に考えよう」

「佐之介さん……」

諭すように語りかけられると、焦燥感が少しずつ静まっていく。

「すみません。私がしっかりしなくては、お二人を救うことなどできないのに」

「救いたいと強く願っているからこその焦りなのだから、謝ることではない。それよりも、何か気づいたことや気にかかることがあれば、もう一度考えてみてはどうだ」

どんなに小さなことでも新吉の記憶や違和感、また、お美津の方を救う手立てに繋がるかもしれないと佐之介に言われ、里沙は思いを巡らせた。

風花堂の菓子、文月に桜、母親が与り知らぬ人、八朔、たったひとつの失くした記憶。

大奥での怪事件、呪い、望まぬ側室、隠したい何か。

バラバラに散らばった疑問を、頭の中で繋ぎ合わせる。

「佐之介さん、私……もう一度外へ出ます」

「探すのか？」

「いえ、話を聞くために風花堂へうかがおうと思っています」

だが、話を聞くのは主の新之助でも女将でも番頭でもない。

里沙はまず、これまで得たお美津の方の件と新吉の件をすべて野村に報告し、その上で再びの外出を願い出ることにした。

相応の理由がない限り、御右筆の女中が連日外出することなど滅多にない。けれど外へ出なければ二人を救えないと確信した里沙は、それを承知で頭を下げた。

もし許可を得られなかった場合、次の手も考えなければならないと里沙は思っていたが、野村は『よかろう』と、思いの外あっさり里沙の申し出を受け入れた。

新たな亡霊について調べることはすでに了承しているため、その件に係わる調査であれば構わないと野村は言った。だが首を縦に振ったのはそれだけではなく、もうひとつの可能性を里沙が述べたことも大きかったのだろう。

『お美津の方様のお体のことも、分かるかもしれません』

将軍世子家慶の側室であり、ともすると将軍生母にもなり得るお美津の方を、このまま呪いなどという理由で死なせてはならない。御年寄としての責任ゆえに、許可を与えたのだろう。

里沙は豊にも報告をし、昼八ツ（午後二時）に佐之介と城を出た。

奥女中の出入り口である七ツ口が閉じるまであと一刻しかないため、急がなければ。

昨日と同じ道を足早に辿ると、八ツ小路にて見覚えのある藍の法被を見つけた。

「あの法被は……」

佐之介も同じことを思ったようだ。二人で小柄なうしろ姿を追うと、それはやはり風花堂の奉公人が揃って着用しているものだった。

隣に並んで一瞥すると、その横顔にもまた見覚えがあった。

「あの、すみません」

目尻の下がった優しげな顔が目に入った瞬間、里沙は咄嗟に声をかけた。いきなりのことで驚いたのだろう、立ち止まった相手は目を丸くして里沙を見た。

「もしやあなたは、千二郎《せんじろう》さんですか」

「……はい、そうですが」

やはりそうだ。横顔も似ていたが、正面から見るともっとよく似ている。

「目元が兄に似ているな」

佐之介が言うように、目の前にいる風花堂の法被を着た若者は新吉の弟、千二郎だ。

「突然すみません。私、里沙と申します」

手には風呂敷包みを持っている。店の使いだとしたら、長々と時間を取らせるわけにはいかない。

「お里沙さんって、あの、もしかして兄さんの話を聞いた……」

「はい、そうです。ご存じでしたか」

まさかの返答に、今度は里沙が目を見開いた。

「おっかさんと旦那様から聞いたので」

昨日里沙と話をしたことを、二人は千二郎にも伝えていたのだ。そうなると話は早い。

「新吉さんのことで千二郎さんにも少しお話をうかがいたくて、実は今、お店のほうへ行こうとしていたんです」

「俺に？」

「はい。できるだけ手短にお聞きしますので」

千二郎は少しだけ考えたのち、「そこの茶屋で待っていてもらえませんか」と言い残し、駆け出して行った。

言われた通り、里沙は須田町《すだちょう》にある茶屋で団子ひとつを頼み、縁台に腰かけた。佐之介は里沙の横に立っている。

気掛かりなことはたくさんあるのだが、風にのって舞う桜の花弁を眺めていると、乱れていた心が少しだけ落ち着く。

こうしている間にも、新吉がふいに通る可能性はある。そのため、周囲を行き交う多くの人々を注意深く見ながら待っていると、四半刻も経たないうちに千二郎が戻ってきた。

「旦那様に許可をいただいたので、少しだけなら」

風花堂に戻り、里沙のことを新之助に話してきてくれたのだ。

里沙が千二郎の分も注文すると、すぐに茶屋の看板娘が団子を運んできた。

「新吉兄さんのことですよね。と言っても、兄さんのことはおっかさんや旦那様から聞いていると思うのですが」

里沙の目をしっかりと見ながら、はっきりとした口吻の千二郎に、新吉とは正反対の性分だと言った新之助の言葉の意味が少し分かった。

「はい。新吉さんのお人柄や仕事ぶりについてなどはお聞きしました。ですが他にもお聞きしたいことがあるのです」

周囲の大人には決して話せないけれど、仲の良かった弟の千二郎ならば……。

「風花堂さんやお喜代さんは知り得なかったことですが、もしかすると弟君の千二郎さんならと思いまして」

里沙がそう言うと、千二郎の顔つきが変わった。里沙が声をかけた時よりも、ずっと大きく目を見開いている。何か知っている目だ。

「な、なんのことか、俺には……」

自分と同じく、嘘が下手だと里沙は思った。千二郎は目を泳がせながら、誤魔化すように大きな口を開けて団子をかじった。

「時間がないので率直にお聞きします。新吉さんには、どなたか心を通わせたお方がいたのですね」

問いかけるのではなく、あえて断言した。確証はないが、里沙の頭の中でぐるぐると回っている事実と憶測を繋ぎ合わせたら、ひとつの答えが導き出されたからだ。

もちろんそれが真実だとは限らないが、千二郎から話を聞くことができれば、今苦しんでいる死者と生者を救うことができるかもしれない。

「お、俺は、何も知りません」

里沙と視線を合わせないよう懸命に首を振る千二郎も、新吉と同じ素直で優しい菓子職人なのだということがよく分かる。何かを守りたいと思っているのかもしれない。

里沙は困ったようにうつむく千二郎を見つめ、図らずも笑みを漏らした。同時に、千二郎になら話してもいいと思えた。

誰かれ構わず告げるのは賢明ではないと、野村に言われている。けれど、こうも言われた。御幽筆として必要であれば、打ち明けてもいいと。

「千二郎さん。私の話を聞いてくださいますか」

穏やかな口調で千二郎を見つめると、千二郎はゆっくりと顔を上げてくれた。

「私のこの目は、普通ではない……――いえ、特別な目なのです」

里沙は、自分の目のことを千二郎に話した。家族から呪われた子だと言われて育ったこと、それでも慈しんでくれた家族がいたこと、大奥へ上がってからのこと、子供の亡霊のこと、そして先日、新たな亡霊と出会ったことも。

「……それがあなたの兄君、新吉さんです」

千二郎は、分かりやすく目を剥いた。信じているのかいないのかは分からないが、信じてもらえるよう、里沙はすべてを伝えるしかない。

「最初に新吉さんを見た時、声をかけたくてもかけられないといった様子で、大奥の庭で狼狽えていたんです。私が声をかけたら、驚いて尻もちをついてしまって」

すると、千二郎の表情が少しだけ緩む。

「風花堂さんに行った時は、新之助さんの言葉に合わせるように、とてもいきいきと、そして誇らしげに菓子の説明をしておられました」

千二郎は頷き、少しだけ身を乗り出した。

「そして新吉さんは、新之助さんとお喜代さんに会った際、泣いておられました。度々弱音を吐いてはいましたが、他の者の身を案じてくださったり、新吉さんはとても心根の優しい方です」

すると、里沙の言葉を聞いていた千二郎が口を開く。

「兄さんらしい……」

里沙の言葉には真実しかないということを、共に育ってきた千二郎には分かるのだろう。

「信じてくださいますか」

「はい。だって、お里沙さんの話の中の兄さんは、俺の知っている兄さんそのものですから。奥女中さんを前に慌てている兄さんの姿が、鮮明に浮かびますよ」

偽りのない里沙の言葉は、千二郎の心に真っ直ぐ届いたようだ。それも、千二郎の心が白く純粋だからだろう。

「ありがとうございます。私も、千二郎さんを信じてすべてをお話ししました」

「それで、兄さんはまだ成仏できていないのですか」

「はい。失くした記憶を取り戻さなければ、成仏できないのです」

「失くした記憶……」

「それが、新吉さんの大切なお方の記憶です」

里沙の言葉に、千二郎はまたも目を逸らした。千二郎はやはり何か知っている。普段はしっかりと相手の目を見るのに、嘘がつけない性分だから、つい目を逸らしてしまうのだ。自分の考えが正しいかどうかは分からない。だが、その可能性にかけるしかないと思った里沙は、横にいる佐之介を一瞥する。

「俺はお里沙の考えを信じる。だから、そなたの思うように伝えればいい」

佐之介の言葉を胸に、里沙は深く息を吸い、千二郎に目を向けた。

「新吉さんがお亡くなりになった日、手に持っていた菓子がなんだったか、千二郎さんはご存じですか」

「えっ？　あ、いや……」

「それは、桜の花を表現した、美しい練切ではないですか？」

面食らった様子の千二郎は、自分が「まさか」と声を漏らしたことに気づいていない。

まさか、どうして知っているんだ。そう言いたげな眼差しを里沙に向けている。

「八朔の日、風花堂の他の方々は皆、仕事を早く切り上げて花火を楽しんだ。けれど、新吉さんは風花堂に残っていた。そこで、自分で考案した桜の練切を作った。その場には、すでに風花堂の丁稚として奉公していた千二郎さんもいらしたのではないですか」

だから、新吉が桜の練切を作ったことを知る者は、自分以外にいないはずだと千二郎は驚いている。

「お、俺は……」

「新吉さんは、ご自分がなぜ文月に桜の菓子を考案したのか思い出せないとおっしゃっていました。でも記憶にないということは、恐らく大切な人を想って作った菓子なのでしょう。もしかすると桜は、そのお方との大切な思い出なのかもしれません。新吉さんは、ご自分で作った菓子を、大切な人に食べてもらいたかった。それも、八朔の日でなければならなかったんです」

「だ、だけど、別に菓子なんていつでも誰にでも食べさせることはできます。大切な人のためかどうかなんて、分かりませんよ。桜だって、八朔の日だったのも、たまたまです」

はっきりと丁寧だったはずの口調が乱れ、千二郎から焦燥感が溢れ出ている。

「いえ、違います。新吉さんは桜の練切を、八朔の日に作らなければならなかったのです。その日でないと渡せないと……いえ、その日なら渡せるかもと思ったから」

「あっ……」

千二郎の目が、僅かに潤んだ。里沙は千二郎を見つめながら、優しく諭すように続ける。

新吉が菓子を作ったのは、ある人へ渡すためだ。ずっと渡したいと思っていたが、それが簡単には叶わない相手だったため、新吉は八朔の日を選んだのではないか。

城では表も大奥もそれは盛大な行事となる。里沙にはまだ経験がないが、大奥では夜通しの宴となるため女中たちも大忙しだ。その分人の出入りもいつもより多くなり、もちろん届けられる祝いの品も数多。だから新吉は、八朔に菓子を作って城へ急いだ。

風花堂は幕府御用の店、新吉個人ではなく風花堂として菓子を持って行けば、献上する他の品と共に、そのお方の元へ届けられるのではと考えたからだ。

「なるほど」と佐之介が呟き、里沙は更に続ける。

「新吉さんが向かっていたのは、江戸城ですね。そして新吉さんがご自分の作った菓子を食べてほしいと願った相手は、城の中にいるのではないですか。それ以外に、八朔に桜の練切を持って急ぐ理由が、見つからないのです」

菓子を食べてほしいからといって、気軽に渡せる相手ではなかった。そして万が一のことを考えて、その方へ菓子を贈ることを他の者に知られてはならない。知られずに届けるためには、店を閉め、皆がいなくなったあとで菓子を作る必要があった。

主の新之助の人柄であれば、「八朔くらいはゆっくり花火でも見て休むように」と、そう言うであろうことも新吉は分かっていたのかもしれない。

「お里沙さんは、そのお方が誰なのか……ご存じなのですか」

「はい、恐らく。そのお方もまた千二郎さんと同じように、頑なに口を閉ざしておられますので。きっと、誰かのためなのでしょう」

かつて心を通わせた人がいた。などということは、決して知られてはならない立場の方。

「本当のことを教えてください。新吉さんを救うために。そして、新吉さんが大切に想っていたお方の命を救うためにも」

「えっ!?」

瞼から飛び出さんばかりに目を見張る千二郎。命を救うという言葉の意味を、瞬時に理解したのだろう。利発な子だ。

「そのお方は今、病に苦しんでおられます。これは私の考えでしかありませんが、恐らくそのお方は、新吉さんに怨まれていると思い込んでおられる」

「そんな！　違う、違います！」

今にもこぼれ落ちそうだった涙を手の甲で拭い、千二郎は里沙に訴えた。

「兄さんに言われたんです。誰にも言うなって。誰にも言っちゃいけないって。だけど……。お里沙さん、兄さんを成仏させると約束してくださいますか。そして、真実をそのお方に伝えると約束してくださいますか」

千二郎は、意を決したように拳を握り、里沙に視線を合わせた。

「はい、お約束します」

二人の会話など周囲の誰にも届かないほど、江戸の町は喧騒に包まれている。だが、真剣に向き合っている二人の耳には、互いの声しか聞こえていない。

「兄さんには、大切に想う人がいました。その方と約束したそうなんです。いつか、兄さんが作った菓子を食べさせると。でも、違うんです」

そう言って、千二郎は拭ったはずの涙を知らず知らずの間に落とした。

「兄さんは、自分が作った菓子を食べさせるためだけに届けようとしたんじゃない。兄さんは、いつだって自分ではなく、相手のことばかり考える人なんです。本当に真っ直ぐで、不器用で、優しくて」

千二郎が再び涙を拭い、顔を上げると、目の前を桜の花弁が舞った。

「兄さんがあの日、菓子を届けたいと強く思ったのは……――」

千二郎と話し終えた里沙は、佐之介と共に夕七ツ（午後四時）の鐘が鳴る直前になんとか大奥へ戻った。

＊

すぐにでも次の行動に移りたいと思ったのだが、多忙な野村に会うことは難しい上に、許可なく勝手に動くこともできない。

ひとまず部屋へ戻り文机の前に座った里沙は、佐之介が見守る中、御幽筆としてこれまでの記録をつけた。

だが、動きたいのに動けない状態というのは落ち着かない。それに、野村に報告ができたとしても肝心の新吉がいなければどうにもならないのだ。このまま見つからなかったらと思うと、心中穏やかではいられない。

開け放った障子戸の先に見える空には、いつの間にか夕闇が迫っている。胸に広がる漠然とした不安が拭えず、どうしても暗いほうへと考えが向いてしまう。

「お里沙、大丈夫か」

里沙の表情から気持ちを汲み取った佐之介が、隣へ腰を下ろした。

「すみません。大丈夫だと思おうとしても、なぜか悪いほうへと気持ちが沈んでしまうのです。こういう時、お松さんならきっと前向きに考えるはずですよね」

どんな時も笑顔で里沙を励まし、話を聞いてくれる松のようになれたら、こんなにもじめじめとした暗い気持ちにはならなかったかもしれない。

「お松と比べてどうするのだ。お里沙はお里沙の良いところがたくさんあるではないか」

「そうでしょうか……。自分ではあまりよく分かりません」

幼い頃から祖母以外の家族の前では、笑うことのなかった里沙。大奥へ入り、前を向いて生きていく理由は見つかったものの、いまだに自信が持てなくなってしまうことは多々ある。

「お里沙、そなたが新吉を見つけて声をかけた時、新吉がどんな顔をしたか覚えているか」

「新吉さんが……」

視線を自身の膝へ落としたまま、里沙は佐之介と膝をつき合わせる。

「そなたが力になると言った時、新吉はなんと言った」

里沙は、尻もちをつきながらも涙を溜めて安堵する新吉の顔を、思い浮かべた。

「風花堂の主や母親の言葉を新吉に届けたのは、きっと思い出せると言い、新吉の背中を押したのは誰なのだ」

佐之介の大きな手が、膝の上に置いている里沙の手に重なった。

「すべて、お里沙ではないのか。その時の新吉の思いが、俺には手に取るように分かる」

佐之介の温もりが伝わり、里沙の両目から想いが溢れ出す。

「佐之介さん、私は……」

「あの時ああしておけばと悔いることは、誰にでもある。だが、悔いたあとにどうするかが大切なのではないか。それに、言霊《ことだま》というのは案外大事だと俺は思っているのだが」

「言霊、ですか？」

里沙は、潤んだ瞳で佐之介を見上げた。

「不安や悲観的な言葉を口にすると気持ちは沈むばかりだが、少しでも前向きになれるような言葉を発すると、微かではあるが不思議と心が楽になるということだ」

「確かに、そうかもしれません。気づくとすぐに陰に籠ってしまうのは、これまでそういう言葉ばかり発していたからですよね。祖母を亡くしてからは特に」

自分はなんのために生まれたのだと思い続けていたけれど、大奥に上がり奥女中となってからは、随分と変わった。

佐之介の優しさに支えられ、松と共に笑い合い、楽しいこともたくさん想像できるようになったのだから。

「私は本当に、佐之介さんに助けられてばかりです。私も佐之介さんやお松さんのようになるために、精進しなければ」

ぐっと唇を結んで気合を入れた里沙に、佐之介はくすりと微笑んだ。

「亡霊のようになられては困るな。それに、お松とそなたも違うのだから、誰かになるのではなく、自分らしくいればいい」

奥女中になるまでは自分らしさなど考えたこともなかったけれど、今の自分にできることは、やはり誰かに手を差し伸べることだけだ。悔いている暇などない。やるべきことや進む道は、自分で選べるのだから。

「佐之介さん、ありがとうございます。冷静に考えられるように、一人で少し頭を冷やしてきますね」

「そうか。ならば俺は、今一度城の中を探してみようと思う」

暮六ツ半（午後七時）。部屋を出た里沙は佐之介と一旦別れ、目的もなく長局を歩いた。

多くの女中が仕事を終え食事を摂っている時間だからか、部屋の中から声は聞こえても、長局の長い廊下は随分ひっそりとしている。

自分の夕食は新吉が見つかってからと決めているが、松は今頃、部屋方の皆と笑いながら食事を摂っているのだろうか。

そんなことを考えながら廊下を歩いていると、前触れなくやってきた突然の小夜嵐《さよあらし》に、木々たちが激しく騒めいた。里沙は思わず立ち止まり、庭へと目を向ける。

風はすぐにやんだけれど、今度は薄暗い庭で何かがうごめく気配がした。

目を凝らすと、行燈の灯りが届かない位置に人が佇んでいるのが見える。

亡霊かと思い少し近づいてみると、それは鈍色《にび》のお仕着せを着用した上背のある女中だった。名は分からないが、何度か見かけたことがあるので亡霊ではなく生者だ。

御末があんなところで何をしているのだろう。

「どうかなさったのですか」

庭へ降りて声をかけると、女中は目の前を隔てる塀を見つめたまま動かない。

再び声をかけようとした時、振り返った女中の顔を見た里沙は息を呑み、無意識に一歩あとずさる。

「大丈夫で……っ！」

なぜなら、目の前にいる女中の瞳が赤く光っていたからだ。

里沙のように赤茶色に色づいているのではなく、瞳にひと粒の赤い星が宿ったかのような不自然な光。けれど、星のように美しく瞬いているわけではない。

「あっ……あの……」

何か言わなければと思うのに、ぞっとするような怪しげな赤い光を放つ女中の瞳を見ていたら、なぜか上手く言葉が出せない。

やはり亡霊なのかという疑念が一瞬頭を過ったが、そんなはずはない。昼間七ツ口を通る際、里沙はこの御末の女中が駕籠を担いでいる姿を見ている。体が他の女中よりも大きく目立っていたため、よく覚えていた。

　しかし生者だとしたら、この瞳はなんなのだ。自分の目の色も普通ではないが、生まれ持ったそれとはまた違う。闇の中で不自然に光る瞳に、里沙は正体不明の危機感を覚えた。

「西……の……」

　僅かに開いた唇から女中の声が漏れると、里沙は凍りついたようにその場に固まった。

　明らかに女のものではない。くぐもった低い声に、凄まじい寒気が背筋を走る。

「れた……信じ……に……」

　焦点の合わない瞳が里沙から逸れると、女はずるずると這うように草履を鳴らしながら西の方向へ歩き出した。

　行かせてはいけない。理由など分からないけれど、このまま放っておいてはいけないと、里沙は本能的にそう感じた。とにかく止めなければ。

　震えそうになる手に力を込めて自分を奮い立たせた里沙は、女中の腕を掴んだ。

「待ってください！　どこへ行こうとしているのですか」

　足を止めた女中はのそりと振り返り、いまだ赤く光る瞳を里沙に向けた。

「あなたは、誰なのです」

　声が震えたが、それでも里沙は女中の腕をしっかりと掴み、問う。

「……な」

「えっ？」

「邪魔をするな!!」

手を振り払われた勢いでうしろへ飛ばされ地面に倒れ込んだ里沙は、女中を見上げて息を呑む。

明らかに女の力ではなかった。体が大きい分力があるとしても、片手で里沙を飛ばすなど不可能。ならば、今のはなんだったのか。

地面に打ち付けられた痛みよりも、何が起こっているのか分からないことへの恐れが里沙を襲う。

硬直したまま動けずにいると、女中は里沙を見下ろしながら徐に右手を上に伸ばし、自身の髷に挿している簪《かんざし》を抜き取った。

すくみ上がった里沙の額から、氷のように冷たい汗が流れ落ち、僅かに呼吸が荒くなる。

でも、今この場で自分がどうにかしなければ、他の女中たちに何かしらの被害が及ぶ可能性もある。大奥は、何もなかった自分に生きる意味をくれた場所だ。大切な友や自分を信じてくれた人、日々汗を流しながら懸命に働く皆もきっと、誰かのためにここにいる。

そんな女中たちを守りたい。どうしたらいいのか分からないけれど、何もしないで終わることだけはしたくない。

そう自分を鼓舞した里沙は、足に力を込めて立ち上がった。

「あなたがどなたかは存じませんが、人を傷つけることなどあってはなりません」

この御末は、恐らく里沙の知っている女中ではないだろう。何者かに取り憑かれてしまったと考えたほうが、まだ理解できる。

「その女中からもこの場所からも、出て行ってもらえないでしょうか」

里沙の要求を潔く受け入れるとは思わないが、力づくで追い出すことができない以上、そうするしか術はない。

「あなたは誰なのですか、なぜここにいるのです。何か理由があるのなら、私がお聞きします。だからどうか、誰も傷つけないでください」

無音のまま、赤く光る瞳だけが里沙を捉え続ける。

正気のない表情からは何も読み取れない。感情というものを何も感じない。やはり、声が届く相手ではないのか。

怖気を震う里沙を嘲笑《あざわら》うかのように、女中の形《なり》をした何かは簪を握る手を躊躇いなく頭上へ振り上げた。

体が強張り身動きの取れない里沙は、それが自分に向けて一気に振り下ろされるのを、見ていることしかできない。

月夜に照らされた銀の簪が向かってくる瞬間、歯を食いしばった里沙は、瞼を強く閉じながら心の中で叫んだ。

――佐之介さん……！

だが、自分の体を突くはずの痛みは、どれだけ待っても感じられない。

そっと瞼を開くと、目の前の視界を塞いでいるのは、見覚えのある藍色の衣。

結っている長い髪が、風にのって左右に揺れた。

「佐之介……さん……」

力が抜けてその場に崩れ落ちた里沙の目に、涙がじわりと浮かんだ。

今になって全身の震えが止まらない。

「遅くなってすまない」

佐之介の声を聞いた瞬間、安堵と共にひとつの疑問が里沙の頭を過った。

何者かに取り憑かれていたとしても、体は生者である女中のもの。だとすると、生者と亡霊は触れ合うことができないはず。防ごうとしても、女中の手は亡霊である佐之介の体をすり抜けて里沙に届いているはずだ。それなのに、なぜ自分は刺されていないのか。

「お里沙、少し下がっていろ」

里沙の目に、その驚くべき答えが映った。簪が里沙に届かなかったのは、振り下ろした女中の手首を、佐之介が掴んでいたからだ。

なぜそんなことができるのか分からないけれど、今はじっくり考えている余裕などない。

佐之介に手首を掴まれている女中は必死に抵抗し、佐之介の手を振り払った。だがその勢いで握っていた簪を地面に落とすと、女中よりも先に里沙がすかさず簪を拾い上げる。

「そなた、何者だ」

女とも人間とも思えない力を佐之介も感じたのだろう。里沙を守るようにして前に立った佐之介が、女中に問う。

けれど、女中は答える代わりに喉の奥から唸り声を漏らした。そして……。

「西の……丸……が……」

再び地獄の底から響くような音を聞いた瞬間、里沙は自分の耳を疑った。

(今のは……)

まさか、そんなはずはない。浮かび上がった己の考えを、里沙はすぐさま打ち消した。

あの優しい声とは、似ても似つかないではないか。それなのになぜ今、似ていると思ってしまったのだろう。否定しながらも、先ほど覚えた違和感が耳にこびりついて離れない。

女中の形をした何かが何者であるかを見極めるように、里沙は凝視した。

佐之介は、この者が再び不穏な動きを見せれば容赦はしないと、そんな殺気とも取れる気迫を放っている。

だがこうして睨み合っていても何も変わらないし、かといってこの女中を傷つけることは絶対にできない。

自分自身の考えに疑問を抱きつつも、確かめなければならないと思った里沙は、向かい合う佐之介と女中の間に入った。

「お里沙、何をしている！　危ないから下がれ」

「いえ、下がりません」

里沙は、赤い瞳を見つめながら訴えた。

「あなたはなぜ、こんなことをするのですか」

里沙の頭の中はとうに混乱していて、どうしてこんなことになったのかも分からないけれど、この者と傷つけ合っても何も解決しないということだけは分かる。

「お願いです、答えてください」

里沙は右手を伸ばし、目の前にいる女中の腕に触れた。その手がすり抜けることはなく、相手の体温もしっかりと感じられる。

体は生きている女中のものだけれど、やはり何者かが女中に取り憑いたことで獣のような呻き声や、あり得ないほど強い力を引き出していたのだろう。

だが問題は、取り憑いている者が誰なのかということ。それについて、里沙の中で浮上した疑念が色濃くなっていく。似ても似つかないというのに、やはり何度思い起こしてもそこに行きついてしまうのだ。

女中に取り憑いた物の怪でも妖でもない何かは、恐らく……。

「あなたが西の丸へ行こうとしているのは、あのお方がおられるからですか」

里沙の問いかけにほんの一瞬、瞳が動いた。赤い瞳の視点が定まっていない。恐らく、その揺らぎが答え。

「そうなのでしょう……新吉さん」

里沙の言葉に、佐之介は目を見張る。

「新吉さん、なぜそのような怖い顔をなさるのです。まさかその簪であの方を傷つけようとしたのですか」

里沙は何も答えない女中の両腕を掴み、涙声でそう訴えた。

「そんなもの必要ないじゃないですか！　だってあのお方は大切な人なのでしょう」

大切な人に会いに行こうとしていたのなら、どうしてこんなにも感情のない冷ややかな目をしているのか、里沙には理解できなかった。

「待てお里沙。この女中の中にいるのは、本当にあの新吉なのか」

里沙自身もどうしてそう感じたのか上手く説明できないのだから、佐之介が信じられないのも無理はない。

『旦那様、ありがとうございます』

『おっかさん。俺、おっかさんの子に生まれて幸せでした』

そう言って泣いていた新吉の声とは似ても似つかないけれど、里沙には獣のような声の中に新吉の声が重なって聞こえたような気がしたのだ。

今もそうだ。里沙には目の前にいる女中に新吉の姿が重なって見える。

「新吉さんだと思います。西の丸へ行きたがっているのも恐らくは」

「だが、千二郎の話では、新吉は――」

「う……裏切ったのだ！　信じていたのに！」

佐之介の言葉を遮って、女中の中の新吉が声を荒立てた。

「新吉さん、落ち着いてください」

「終わらせる……この手で……」

女中の形をした新吉は、肩を震わせながら拳を握り締めた。

江戸の町に残ったあと、新吉は思い出したのかもしれない。けれどそれならば、なぜこんなにも怒りを露わにしているのか。

考えられる原因はひとつ。「裏切られた」と言った新吉は、間違った記憶を誠の記憶だと思い込んでいるのではないだろうか。そうとしか考えられない。

「新吉さんは思い違いをしています！」

千二郎から話を聞いたばかりの里沙だからこそ、言い切れた。本当の記憶を取り戻したのなら、傷つけようなどと思うはずがない。

なぜ思い違いをしているのかは分からないけれど、皆の知っている新吉は人を助けることはできても、誰かを傷つけることなど絶対にできない人だ。

「記憶がなくとも大切だということは分かると、そうおっしゃっていたじゃないですか」

何があったのかは分からないけれど、このままでは新吉の心が憎しみに染まってしまう。新吉が、新吉ではなくなってしまう気がした。

「思い出してください。あの日、菓子を持って行こうとしていた新吉さんは、何を願っていたのか」

今抱いている感情が間違いだと新吉に気づいてもらうには、必死に訴える以外の方法はない。

「新吉さんの願いは、こんなことではなかったはずです！　新吉さんの願いはたったひとつだったはずでしょう」

繰り返し懸命に語りかけると、赤く光っていた瞳の色がほんの僅かに弱まった。

その瞳を見て、里沙は思った。新吉は今、裏切られたという悲しみと、信じたいという希望の狭間で葛藤しているのだと。

それならば、やはり新吉が本当の想いに気づくと信じて、手を差し伸べるしかない。

「思い出してください。あの美しい桜の練切を作った時の気持ちを、本当の想いを！　新吉さん！」

すると突然、白い煙のようなものが女中の体からすっと抜け出た。

同時に怪しげな赤い光が瞳から消え、その目から涙がこぼれ落ちる。

「お、俺は……」

直後、気を失った女中がその場に倒れ込んだけれど、瞬時に駆け寄った里沙が力の限り受け止めた。そして傍らには、いつの間にか亡霊の新吉が横たわっている。

「そこで何をしているのです」

微かな声に反応して里沙が顔を上げると、遠くから提灯の灯りが近づいてくるのが見えた。さすがに声を立てすぎたのかもしれない。

大柄な女中の体を受け止めているこの状況を、どう説明すべきだろうか。下手なことを言えば怪しまれてしまうかもしれないと危惧する里沙だったが、現れた女中を見てすぐに胸を撫で下ろす。

「お里沙!?」

駆け寄ってきて提灯を掲げたのは、松だ。

「お松さん。すみません、手伝っていただけますか」

事情はあとできちんと説明すると伝え、ひとまず倒れた女中を運ぶことになった。松が呼んだ御末数名と共に女中を御末の部屋に運び入れる。

この大柄な女中の名は柏木《かしわぎ》というらしい。新吉が取り憑いていたことにより体に異常をきたすのではないかと不安だったが、しばらくすると柏木は気持ちよさそうに寝息を立てはじめた。

「柏木さんが倒れるなど初めてですが、今朝から重い駕籠を何度も担いだから、さすがに疲れて眠くなってしまったのかもしれません」

御末の一人がそう言うと、他の御末たちも口々に「柏木さんが疲れるなんて珍しい」と言って、笑った。どうやら本当に眠っているだけのようで、体の心配はなさそうだ。

「この簪は、柏木さんの物ですか？」

先ほど自分に突きつけられた簪を、御末たちに見せた。

「あぁ、それは昨年の灌仏会《かんぶつえ》に柏木さんが購入した簪です。普段私たち御末が銀の簪を挿すことなどないですから、柏木さんも大事にしまっていたはずですが」

灌仏会とは、釈迦《しゃか》の誕生を祝う行事で、毎年卯月に行われる。その際には長局に露店が並び、多くの奥女中たちが買い物を楽しむことができるらしい。

「倒れた時に落ちていたので、誰かに見せようとしていたのかもしれませんね。目を覚ましたら返しておいていただけますか」

顔を若干引きつらせながら里沙が言うと、嘘だと悟られることなく「承知しました」と御末が簪を受け取った。

大事《おおごと》にならずになんとかその場を収めた里沙は、ひとまずこの場を松に任せ、部屋へと急ぐ。

女中と同じように倒れた新吉は佐之介が運び、今は里沙の部屋にいるはず。

二階に上がり、里沙は眠っている新吉の姿を確認してようやく安堵する。

「誠に、新吉だったとは……」

新吉を見守るように座っている佐之介が、そうこぼした。

「新吉さんの声だと気づいた時は、私も驚きました」

正体を新吉だと確信した里沙は、「西の丸」というそのひと言に込められた意味を、すぐに理解した。

「新吉さんは、大切なあのお方に会いに行こうとしていたのだと思います。でも……」

「しかし、あれでは会いに行くというより、怨みを晴らしに行くかのような勢いだったが」

佐之介の疑問に、里沙は頷いた。

「おっしゃる通りです。私もそこが腑に落ちなかったのですが、蘇った記憶が偽りだったなら説明がつきます」

大切な人が憎むべき相手へと変わってしまう理由など、それ以外に考えられない。

「確かに。千二郎の話によれば、怨む理由などひとつもないはずだからな」

「はい。新吉さんは、心からそのお方のことを大切に想われています」

それなのに、なぜ間違った記憶が呼び起こされてしまったのか。あのように怖い顔で、裏切られたと口にしていたのだろうか。

悪い夢でも見ているのか、目を閉じたまま時折顔を歪める新吉をじっと見つめていると、強張っていた新吉の表情からすっと力が抜けた。そして、ゆっくりと薄く瞼が開く。

「新吉さん、大丈夫ですか。新吉さん」

里沙は咄嗟に前のめりになり、声をかけた。その横で、佐之介は神経を尖らせている。先ほど里沙を襲ったばかりなのだから、少しでもおかしな動きをすれば相手が誰であろうと遠慮はしない。そう言いたげに。

「……お……俺は……」

瞼を開いた新吉は、里沙の姿を認識した瞬間勢いよく起き上がって両手をつき、頭を深く下げた。

「も、申し訳ございません。俺はなんということを。死んでいるから死んで詫びることもできませんし、あぁ、どうしたら……」

狼狽える新吉を見て安心した里沙は、口元に手を当ててふっと微笑んだ。佐之介も同様に、ほっと息を吐きながら少しだけ浮かせた腰を床へと戻す。

「戻られたのですね」

女中の中に取り憑いていた時の新吉と今の新吉の様子が違うのは、一目瞭然。そしてあたふたと取り乱しているこの新吉こそが、二人の知っている新吉だ。

「いつもの新吉さんで、安心いたしました。どうか、頭をお上げください」

「けど、俺は……。俺、覚えているんです。自分が何をしたのか、お里沙さんに向かって何をしようとしていたのか」

頭を下げたまま、新吉の儚い体が小刻みに震えている。

「自分が何をしているのかちゃんと理解していたのに、俺は……自分を止められなかった」

つまり、感情を抑えられないほど怒りに支配されてしまっていたということだ。

「でも、お里沙さんが思い出せって言ってくれて、それで湧き上がっていた憎しみみたいな嫌な感情が少しだけおさまったんです。俺は、お里沙さんの言葉の意味を考えて、俺の願いはなんだったのか、本当にこれでいいのかって……」

顔を上げた新吉は、目に涙を溜めて唇を噛んだ。

「そしたらあのお方の顔が浮かんで、黒くて苦しかった心が、段々と綺麗な水に流されていくような感覚になったんです」

やはり新吉は誤った記憶を事実だと認識してしまい、それによって正反対の感情を抱いてしまったということだ。

「本当の気持ちに気づいたのなら、もう大丈夫です。それよりも新吉さん、あなたの大切な人は今、とても苦しんでいます」

里沙の言葉に、新吉は目を見張る。

「苦しむ……？　な、なぜです！　俺があんなことになって、それで何かしてしまったんですか!?」

焦って今にも飛び出して行きそうな新吉の体を、佐之介が押さえた。

「いえ、そのお方もまた新吉さんと同じで、思い違いをしているのです。お助けできるのは新吉さんだけです。そのためにも、思い出したことをすべて話してくださいますか」

「も、もちろんです。話します。だからどうか、俺の大切な人を助けてください……――」

第四章　桜に込めた願い

千太《せんた》は徐に手を伸ばし、髷を乱さぬようさわらぬようそっと優しく取り除き、それを手のひらにのせて差し出した。

「綺麗ですね」

娘がぽつりと呟いた瞬間、暖かい風が千太の手から花弁をさらい、舞い上げた。

泳ぐようにどこかへ飛んでいく花弁を目で追いながら、娘は言う。

「風花堂の千太さん。私の名は……美津《みつ》と言います」

桜の花のように美しく、けれどどこか儚げに微笑む美津の表情に、千太の胸の鼓動が一層大きく騒ぎ出す。

「お美津さん……。俺は、千太です」

「それはもう聞きましたよ」

小鳥のような笑い声に、千太は顔を赤く染めながら頭をかいた。

「もう行かなければ」

美津が辺りを気にしながら言った。

「さようなら」と言うのは、最後になってしまう気がして千太は嫌だった。しかし「また」と気軽に言えるほどの間柄でもない。そうやって迷っているうちに、美津は千太に軽く会釈をし、稲荷を出て行ってしまった。

――きっと、もう二度と会えないだろう。

そんな思いが過った千太は、己の情けなさを実感して大きなため息を漏らし、しばらくこの場から動けなかった。

美津と出会ったのは、文政四年。桜が満開となった、弥生は二十日のことだった。

それからというもの、千太は休憩になるとあの稲荷まで走り、毎日そこで握り飯を食べるようになった。店の使いで外出した際も、稲荷に寄ってちらりと中を確認してから帰るようにしていた。

もう一度話がしたいという思いは日に日に増していったが、美津には会えず仕舞いのまま、千太は今日も握り飯を手に取る。

「千太、また外で食べるのか」

「旦那様。は、はい。食べたらすぐ戻りますんで」

「それは別に構わないが、いったいどこに行って――」

新之助《しんのすけ》の言葉を聞き終える前に、千太は大急ぎで店を飛び出した。

向かったのはもちろん、柳の木が立ち並ぶ中にひっそりと佇む稲荷神社だ。鳥居をくぐると、やはり今日も探している姿はそこにない。

あれからもう、三月《みつき》が経っていた。吹く風は生温かく、日差しの強い季節だが、今日の空は分厚い雲に覆われている。当然、桜の花弁は一枚も落ちていない。

「そりゃそうか。どう見ても、その辺の長屋に住んでいるような子じゃなかったし」

ため息交じりに握り飯を頬張った千太。

やはり幻だったのかもしれない。あれは桜の精か、神様の使いかなんかだったのだ。

この稲荷のお狐様が情けをかけて、落ち込んでばかりの自分を励ますためによこしたのだろう。

大きな口を開けて次々と握り飯を口に運んでいると、千太の視線の先に人の影が映った。握り飯を落としそうになった千太は、慌てて顔を上げる。

この時のために毎日通っていたというのに、千太は頬に飯粒を詰め込んだまま、あわあわと魚のように唇を動かすことしかできない。会いたい会いたいと願っても、いざその時がきたらこのざまだ。情けない。

「またお会いしましたね」

現れたのは、あの時の娘、美津だった。

三月《みつき》前よりも大人になったように見えるのは、自分があまり成長していないからなのだろうか。そんなことを思いながら頭を下げ、見られないよう頬に溜めた飯を大急ぎで必死に飲み込んだ。美津はそんな千太を見て、くすりと微笑む。

「お、お久しぶりです」

美津が社に手を合わせている間に何を言おうか考えていたが、口から出た言葉はありきたりな言葉だ。

「お久しぶりです。千太さんは、本当にここでご飯を食べるのがお好きなんですね」

「あ、いや、まぁそうなんですが。なんて言うか……」

美津に会いたいがために毎日来ていたとは言えず、しどろもどろになる千太。

「お、お美津さんは、なんで、また……」

「この前と同じです。風花堂さんの菓子を買いに。今日は暑いので、水ようかんをいただきました」

「そ、そうだったんですね。食べていただければ分かりますが、うちの水ようかんは他とは違うんです。すべての菓子に使用してる上水が特別なのは言うまでもないんですが、餡子との割合がとても難しくて、水が少ないと喉越しが悪くなるし、多すぎると甘みが中途半端になってしまい、形も美しくならないんですよ。だから——」

黙って聞いてくれている美津を見て、喋りすぎていることに気づいた千太は慌てて口を喋んだ。

「す、すいません、あの、つまらない話をしてしまって」

肝心な時は上手く喋れないというのに、菓子のこととなるとつい止まらなくなってしまう。自分は本当に、なんて駄目な男なんだ。

「なぜ謝るのです。つまらなくなどありません。大好きな風花堂の菓子の秘密、私も知りとうございます」

あの時と同じだ。嫌な顔ひとつ見せずに微笑んでくれた美津を前に、なぜ自分があんなにも美津に会いたいと思っていたのかが、少し分かった気がした。

（そうか、俺はお美津さんを……）

初めての感情に気づいた瞬間、これまで以上に心の臓が騒がしく聞こえる。

「そういえば、千太さんはおいくつなのですか？」

「えっ？　あ、十六になりました」

「それなら、私よりふたつ上ですね」

美津が十四歳だと知って、千太は心底驚いた。確かに最初は自分より下に見えたが、話し方も所作も、十四歳だとは思えない落ち着きぶりだ。やはり格式高い武家の娘なのだろう。

「菓子作りのほうは、どうですか」

美津に問われ、千太は思い出した。

「そ、そうだ、あの、俺、お美津さんに話したいことがあって」

「なんでしょうか」

「俺、この前、旦那様に練切を作らせてもらえたんです。も、もちろん売り物じゃなく、とりあえずやってみろって言われて。そしたら思いのほか上手くできて、それで、旦那様にも褒められたんですよ」

練切を作らせてもらえた時の喜びを思い出すと、今でも心が躍る。楽しかった。何をやっても不器用だった自分の指先が不思議なほど滑らかに動くのだから、新之助だけでなく千太自身も驚くほどだった。

「本当ですか？　それでは、千太さんの菓子が食べられるのですね」

「いえ、菓子作りは少しずつ手伝わせてもらってますが、まだお美津さんに食べていただけるほどにはなっていませんので」

もっと腕を上げ、風花堂の味がしっかりと出せるようになり、千太自身が納得できる菓子を美津には食べてもらいたいのだ。

それには今の仕事を懸命に頑張り、苦手なことが多い分、誰よりも努力してまず手代を目指さなければ。

「では、その時がくるのを楽しみに待っていますね」

美津は社に背を向けた。もう行ってしまうのかと、千太は残念に思う。そして次はいつ会えるのだろうかと考えたら、途端に胸が苦しくなった。

楚々《そそ》とした美津の優しい笑顔に心を奪われた千太は、初めての想いに戸惑いを感じているが、まかり間違っても一緒になりたいなどと思うような身のほど知らずではない。

ただ、もう少しだけ同じ時を過ごせたらという願いは間違いなくあった。しかし千太には、それを口に出せるほどの勇気はない。

「千太さんは凄いですね」

「えっ？　いや、俺なんて全然」

ふと見ると、美津の横顔がなんだか曇っているように思えた。気に障るようなことを言ってしまったのだろうかと、千太は途端に不安になる。

「あの、お美津さん……」

「私には、千太さんのように夢中になれることや誇れるようなところは、ひとつもないんです」

「そ、そんなこと」

そんなふうには決して見えない。器量もよく、家柄も恐らくいいのだろう。話す声も放つ空気さえも、千太には透き通っていて美しく見える。誇れる部分だらけだと千太は思ったのだが、美津は浮かない表情で静かなため息をついた。

「私には姉がいるのですが、千代田《ちよだ》のお城に仕えている姉は頭もよく、働き者で、芯の通ったところのある強い人なのです。でも、私は違います」

教養を身につけるため、花や茶や琴や書など、あらゆることを学んでいるが、どれも抜きん出た才能があるわけではない。家には女中がいるため家事をすることもないので、味噌汁ひとつさえも作れないのだと言って、悲しげに微笑んだ。

「このままでは恥ずかしくて嫁にやれないと、父上の手を煩わせているのかもしれません。私は武家の娘というだけで、中身は空っぽなのです」

美津はそう言って目を伏せた。だが千太は、きゅっと眉を寄せてそんな美津に真剣な視線を向ける。

「そんなことはありません！　お美津さんのどこが空っぽだと言うのですか。お美津さんは、落ち込んでいた俺を励ましてくれたじゃないですか。俺のどうでもいい話にも、優しく微笑んでくれるじゃないですか。お美津さんがそこにいるだけで、俺はなんだか春風みたいな温かさを感じるんです。そんな人、どこを探したって他にいやしませんよ。それに、自分の弱さを自分で分かっている人は、きっとそういう自分を乗り越えられると俺に言ってくれたのは、お美津さんですよ。だから、そんな悲しい顔をしないでください。俺、お美津さんのために美味しい菓子をたくさん作れるようになりますから」

思っていることすべてを吐き出してしまった千太は、言い切ってから酷く後悔した。美津の目が、涙で潤んでいたからだ。

自分は人様に意見を言えるような立派な人間ではないのに、なんて偉そうなことを口走ってしまったのだ。いつもは口下手なくせに、こんな時に限って流暢に話すなんて、莫迦にもほどがある。絶対に嫌われた。これでもう、正真正銘二度と会えなくなる。

ずんと重い石をのせられたかのように、心も体も沈んでしまいそうだ。

「千太さん」

「はっ、はい」

新之助に叱られる時のように、千太は顔を上げて背筋を伸ばした。

今にも降り出しそうだった分厚い雲が、いつの間にか薄雲に変わり、所々青空が顔を見せている。

「千太さん、ありがとうございます」

「え、いや、俺は……」

「そんなふうに言っていただけたのは、初めてです」

「すみません、その、俺なんかが偉そうなこと言ってしまって」

目元を光らせている美津の表情に、明るさが戻る。

「謝らないでください。とても嬉しかったです」

微笑んだ美津の周りに今、ふと花が舞ったように見えたのは、千太が美津に慕情を抱いているからか。それとも、これも御狐様の仕業なのだろうか。

「そうだ、千太さん」

稲荷の外を気にしながら美津が少しだけ身を寄せてきた。気の弱い千太は、あまり近づいてはいけないと思い、半歩下がる。

「風花堂へは、三月《みつき》に一度行っていいことになっているんです。なので、次にこちらにこられるのは長月になるのですが、でも、細かい日取りまでは断言できなくて……」

「い、いいんです！」

長月になればまた会える。そう思っただけで、千太の心はいとも簡単に膨らんだ。

「三月《みつき》に一度だろうと四月《よつき》に一度だろうと、いや、一年に一度でも、また会えるなら俺は、俺は……」

――幸せです。

思わずそう言いかけた言葉を、千太は呑み込んだ。

自分に会いたいと言ったわけではない。美津は風花堂の菓子を買いに三月《みつき》に一度訪れると言っただけなのに、また何を言おうとしていたのだ。調子に乗るなと自分に言い聞かせ、千太はうつむいた。

自分が役者のような見目だったら、あるいは武家に生まれていたら、もっと上手く話ができたのだろうか。もっと、美津に近づくことも……。

「す、すみません。あの、変なことを言ってしまって。長月ですね。えっと、秋になると店では薩摩芋を使った菓子などが――」

「菓子のことではありません」

「……え？」

「三月《みつき》後に、千太さんとまたここでお会いできますか？」

「……」

風が止み、音が消え、千太には一瞬すべての流れが止まったように感じた。

今の言葉は、御狐様が聞かせてくれた幻聴だろうか。

「い、今、なんと？」

「長月のいつになるかは分からないのですが、昼九ツ（正午）の鐘が鳴る頃に、またお会いできますか」

美津がもう一度同じ言葉を繰り返すと、千太は首がもげてしまうのではないかと思うほど、首肯した。

「も、もちろんです。お美津さんがいつ来られてもいいように、長月になったら、俺は握り飯を持って毎日ここに来ます」

「でも毎日など、千太さんにご迷惑をかけてしまいますね」

「な、何をおっしゃいますか。今までもそうでしたから、何も気にすることはございません。毎日ここへ来ることは、朝起きて飯を食って働いて寝るくらい、俺にとってはあたり前のことです」

千太の言葉に、美津は上品な声を立てて微笑んだ。

「ありがとうございます。では、三月後《みつき》に」

次に美津が稲荷神社に姿を見せたのは、約束通り三月後《みつき》の長月は十三日、昼九ツ（正午）を過ぎた頃。千太が大きな握り飯を、ちょうど食べ終えた時だった。

「よかった、会えましたね」

両手を胸に当て、ほっとしたように微笑む美津に、千太は思わず涙しそうになった。会えると信じていたけれど、どこかで夢なのではと思う自分がいたからだ。

「よかったです。また、会えて」

美津を前にすると、愛おしさが綿毛のようにふわふわと湧き上がってくる。優しい気持ちになれる。

美津の着物が汚れないよう、千太は持っている手拭いを稲荷の隅にある大きな石の上にさっと敷いた。

「ありがとうございます。今日はお団子と、それから芋ようかんを買いましたよ」

「いつもご贔屓にしてくださり、ありがとうございます。芋ようかんは大人気なので、昼八ツ（午後二時）に売り切れてしまうこともあるんです」

「そうなのですね、無事に買えてよかったです。風花堂さん、今日はいつも以上に賑わっていますね」

「今日は十三夜ですから、特に忙しいんですよ」

「風花堂さんの菓子を食べながら月を見上げる人が、今日はたくさんいるのでしょうね。私もその一人ですが」

「本当にありがたいことです。この分だと、月も綺麗に見えそうですね」

「ええ、そうですね」

千太は青く晴れ渡った空を見上げ、つられて美津も空を仰ぐ。

柳の木と御狐様に見守られながら、二人はたわいない会話を楽しんだ。

三月《みつき》ぶりだが、千太がここにいられるのは休憩の間のみ。美津もまた、長く留まることはできない。かりそめの夢であるかのような時だけれど、千太にとっては好いた人と共にいられ、美津にとっては家にいる時には感じられない安らぎと、心から笑うことのできるとても大切な時間だった。

身を焦がすような情熱的な恋ではないが、美津の笑顔が見られるだけで千太の心は幸福感で満たされた。美津を想うだけで、立派な菓子職人になるため、より一層励もうと前向きな気持ちになれる。

だが、それは己だけが感じていることなのであって、美津にとってはどうなのだろう。そんな不安を抱いたのは、美津と別れて店へ戻ったあとのことだった。

長居できない二人は、四半刻も経たないうちに順に稲荷を出た。先に美津が帰り、その少し後で千太が店に戻る。もちろん、三月《みつき》後の師走にまた会う約束をして。

客の入りは変わらず、入れ代わり立ち代わり十三夜用の団子を求めてやってくる。

千太は餡炊きを手伝っていた。千太よりも一年あとに奉公人となった丁稚の一人が鍋をしっかり支え、千太は鍋の中の小豆を丁寧に潰す。なかなか根気のいる作業なのだが、千太にとっては楽しい菓子作りの一環でしかなく、黙々と小豆を潰しているのも苦ではなかった。

しばらくすると、隣で作業をしながら話をしている手代二人の声が、千太の耳にふと飛び込んできた。

「今日、来ていたらしいぞ」

「来たって、誰がだ」

「ほら、うちの菓子をえらく気に入ってくださってる御旗本家の」

「あぁ！　あのお美しい姫君か」

千太は餡炊きに集中しながらも、勝手に聞こえてくる二人の会話に少しだけ動揺していた。風花堂の菓子を気に入っている美しい姫君とは、美津のことだろうか。

気にはなるが、誰かに聞くわけにはいかなかった。変に誤解され、美津に迷惑をかけることだけは絶対に避けなければならない。

「千太。餡炊きが終わったら、今日は焼き菓子をやってみるか」

板場にいる新之助に声をかけられ、千太は目を輝かせた。

「はい！　お願いします」

美津が旗本や、あるいは大名家の娘だったとしても驚きはしない。恐らく自分とは身分が違うだろうということには、最初から気づいていたからだ。美津がどこの誰であろうと関係ない。三月《みつき》に一度、元気な顔が見られればそれでいい。

そんな千太の願い通り、美津とは師走は三日に再び稲荷で顔を合わせた。

「これから煤払《すすはら》いがはじまるので、色々と忙しくなる前にお会いできてよかったです」

「は、はい。俺も、その、またお美津さんと会えてよかったです」

師走ともなると風はすっかり冷え切っているが、今日のように晴れていれば空気は澄んでいて気持ちがいい。

「今日は、いつもより早く帰らなければならないのですが」

「全然構いません。俺は、少しでもお美津さんに会えれば、それで……」

美津に続いて千太も一文銭を賽銭箱に入れ、共に手を合わせた。

立派な菓子職人になることはもちろん、母親が誇りに思えるような息子でありたい。そして、大切な人がいつまでも幸せでいられるよう、千太はこの出会いをくれた御狐様に願いを込める。

儚いながらも幸せな時を過ごした千太は、これまでと同じように美津が帰った少しあとで稲荷を出た。

次に会えるのは、美津と初めて出会ってから一年後の弥生だ。桜は咲いているだろうか。最初に美津に食べてもらう菓子は、桜餅がいいかもしれない。それまでにもっと腕を上げなければ。

そんなことを思いながら柳原通りを店に向かって急いでいると、うしろから「兄ちゃん」と声をかけられ振り向く。

「千二郎《せんじろう》。こんなところで何をしてるんだ」

立っていたのは千太の六つ下の弟、千二郎だ。見慣れた鶯色の綿入れを着ている。

「おっかさんの手伝いで回向院《えこういん》まで行ってたんだけど、兄ちゃんの顔が見たくなってさ、ついでだから来てみたんだ」

「ついでって、一人で危ないだろ。おっかさんだって心配するじゃないか」

「風花堂は両国橋を渡ってすぐなんだから、平気だよ。おっかさんは仕事が忙しいから、心配する暇なんてないさ。それにまだ九ツ（正午）を過ぎたばかりなんだから、兄ちゃんの顔見て帰ったって日は暮れないよ」

「だっ、だからってなぁ……」

すらすらと言葉を並べる千二郎に言い返すことができず、千太は口ごもる。

千二郎は来年で十一歳、千太が奉公に出た歳と同じになるのだが、当時の千太よりも随分としっかりしている。

兄弟でこんなにも違うものかと思うのだが、兄である自分が気弱な分、弟がしっかり者になるというのは世の理《ことわり》なのかもしれない。

「そんなことより兄ちゃん、さっきの女の人は誰だよ」

思いがけない言葉に、千太はぎくりと肩を揺らした。

「な、何を言ってるんだ千二郎は」

「店に行ったら兄ちゃんはどっかで飯食ってるっていうから探したんだ。そしたら稲荷に兄ちゃんの姿が見えて、柳の木の陰に隠れてたんだよ。気づかなかった？」

「あのなぁ、そ、それは千二郎の見間違いだろ」

「兄ちゃんは本当に嘘が下手だね。嘘つくということは知られたくないってことだから、あの人は兄ちゃんの想い人ってことだ」

図星を指された千太の顔が分かりやすく紅潮し、それを見た千二郎はにこりと口角を上げた。千太は焦りつつも、弟の鋭さに思わず感心してしまう。

「でもさ、あの人はどう見てもお武家のお嬢様だよね。まさか長屋暮らしってわけじゃないだろ」

「あぁ、まあ、そうだろうな」

「だったら、兄ちゃんのお嫁さんにはなれないじゃないか」

千二郎の言葉に、千太は目の玉が飛び出そうになった。

「せ、千二郎、お前、どこでそんなことを覚えたんだ。俺は別に、そんなんじゃゃ……」

虚を衝かれて返答に困った千太は、脳裏に美津の顔を浮かべていた。

ことごとく千二郎の言う通りだ。美津が武家の娘であるなら、いずれ親が定めた相手と一緒になるのだろう。分かり切ったことだ。しかも自分がその相手になることは、万が一にもあり得ない。

それなのになぜ、心の中はこんなにも苦しいのだろうか。六つも下の弟に当然のことを指摘されただけなのに、身を切られるような痛みが走る。

美津と同じ道を歩くことは決してない。まだ手代にもなれていない菓子屋の奉公人と一緒になることなど、天地がひっくり返ってもありはしない。最初から分かっていたことだ。一緒になることなどは疎か、いずれ会えなくなるのも覚悟の上。

ただ今だけは、この限られた時の中で、美津の顔を見ていたい。たわいない言葉を交わしていたい。

「兄ちゃん、どうしたの？」

千二郎が不安そうに千太の顔を覗き込んだ。

「ごめんよ千二郎、なんでもないんだ。そろそろ戻らないと。千二郎はどうする、少し店に寄って行くか？」

「いいの？」

「あぁ。帰りは俺が送って行くから。旦那様が菓子をくれるかもしれないぞ」

「ほんとに!?」

先ほどまでは妙に大人びたことを言っていた千二郎が、菓子という言葉に丸い目を輝かせた。

「だがな千二郎、ひとつだけお願いがあるんだ」

「何？」

歩きながら、千太は一度空を仰ぐ。冬の冷たい風と混ざり合い、輝きを増した日差しに目を細める。

「俺がここであの人と、お美津さんと会っていたことは、誰にも言わないでくれ」

「どうして？」

いくら利発な千二郎といえども、そこまでは分からないのだろう。首を傾げて千太を見上げた。

「もしもあの人がとても偉いお武家様の姫君だとしたら、嫁ぐ前に誰かと心を通わせていたなんてことは、あってはならないんだよ」

「なんで？　事実なのに。それに、悪いことは何もしてないじゃないか」

「事実であっても、誰かに知られたら困るのはあの人なんだよ。嫁入り前の娘が得体の知れない男と会ってたなんてことになったら、迷惑をかけてしまうからね」

「兄ちゃんは得体の知れない男なんかじゃないよ！　お偉い人も贔屓にしてる、あの名高い風花堂の菓子職人じゃないか！」

少し怒ったように頬を膨らませた千二郎を見て、千太はにこりと微笑んだ。

「そうだ。兄ちゃんは菓子職人だ。だからこそ、あの人とは住む世界が違うんだよ。千二郎は頭がいいんだから、分かるな」

千二郎の頭の上に、ぽんと優しく手をのせた。すると、千二郎は唇を尖らせながら「分かった」と言って頷く。

千太は決めていた。三月《みつき》後の弥生、それを最後にしようと。三月《みつき》に一度とはいえ、いつ誰に知られてどこで噂になるかも分からない江戸の町で、これ以上逢瀬を重ねることは美津のためにならない。だから最後だ。最後に自分で作った菓子を持って、あの人に会いに行こう。そして、己の想いを――。

年が明け、弥生になり、いつ来るか分からない美津に会うため、千太は毎日稲荷へ通った。

だが、約束の弥生に、美津は現れなかった。

何か予期せぬ事態が起きたのかもしれない。それならば次の月に来る可能性もある。

卯月、皐月、水無月、文月。千太はその後もずっと、稲荷へ通い続けた。

けれど、美津が姿を現すことはなかった。

それでも尚、千太は稲荷へ行くことをやめなかった。会えるかもしれないという期待よりも、稲荷へ行くことがもはや日課となっていたからだ。

そして一年が経ち、再び桜が満開になったある日のこと。

千太がたまたま店の奥座敷の前を通った時、風花堂を贔屓にしている客と主の新之助が話をしている声が聞こえてきた。

襖の隙間から見えたのは、羽織に袴姿の男。お供の奉公人も壁際に一人控えていた。

「……いやぁ、まさか自分の娘が大奥へ上がることになり、しかも家慶《いえよし》様付きの御中臈になるなど、思いがけないことでございますよ」

客の男の言葉に、千太は思わず足を止めた。

「何をおっしゃいます。お美津様のように素敵な姫君なら、何も不思議なことではございませんよ」

新之助の声が耳に届いた瞬間、千太は一瞬にしてすべてを理解した。美津が稲荷へ来なかったのは、大奥へ上がったからなのだと。

千太は拳を握り、必死に涙を堪えた。

泣きたくなったのは、約束を破った美津が憎いからではない。きっとまたいつか、どこかで会える。そんな一縷《いちる》の望みが、跡形もなく消えてしまったからだ。

身分が違うのだから、会えなくても仕方がない。分かっていたことだろう。

今までそう思えていたのは、何も知らなければ永遠に夢を見ていられたからだ。そのことに気づいた千太は、支えであった大事なものを心の中から一瞬にして抜き取られたような感覚に陥った。

現実を知ってしまった。もう「いつかまた」などという儚い夢を見続けることも叶わない。

美津を想うと、途端に涙が溢れそうになる自分の弱さに嫌気がさすけれど、美津を想うと奮起するのもまた事実。

ふたつの相異なる感情に揺れ動きながらも、千太は今まで以上に菓子作りにひたすら邁進し、励んだ。

美津はやはり、あの稲荷がよこした神の使いだったのだと、自分に言い聞かせながら……。

そして文政六年の師走に手代となった千太は、新吉《しんきち》と名を改めた。名が変わったことにより、新吉は風花堂の菓子職人としての責任感だけでなく、美津への想いも少しずつ変化していった。

久しぶりにあの稲荷へ足を運んだ新吉は、一文銭を二枚賽銭箱へ入れ、目を瞑って手を合わせた。

美津を恋う気持ちは変わっていないが、ここで美津と共に願ったことを新吉は今一度、静かに希《こいねが》う。

瞼を開いた新吉は、うじうじと悩む情けない丁稚の千太とはここで別れ、手代の新吉として前へ進もうと心に決めた。美津を怨むような気持ちなどはなから微塵もないが、美津に会えないことを、もう嘆いたりはしない。

ただ、ひとつだけ心残りがあるとするならば、美津と交わした約束が叶えられなかったことだけだ。

新吉の心にその約束が引っかかったまま、更に七月《ななつき》が過ぎた文月のある日。新之助が上菓子を持って店を出た。新調した羽織を見るに、どこか特別な場所にでも行くのだろうかと思いながら、新吉は女将に尋ねる。

「旦那様はどちらに行かれたんですか？　お祝い事か何かでしょうか」

すると女将は周りを気にしながら、すっと新吉に近づいた。

「千代田のお城へ行かれたんだよ」

「えっ!?」

思わず声を上げてしまった新吉に、女将は更なる事実を告げる。

「実は、うちの常連客の御旗本様の姫君が、大奥に上がって御中臈になったんだけどね、そのお方が三月《みつき》前にご出産なされたのよ。ただ少し体調を崩されているみたいで、見舞いの品を贈ることになってね」

名を聞いたわけではないが、新吉にはそれが美津のことだとすぐに分かった。美しく気立てのいい美津ならば、家慶の寵愛を受け、子を授かることもあるだろう。御中臈になったと知った日から思っていたことだ。そのため新吉は、自分でも驚くほど冷静だった。

「そのお方の体調は、大丈夫なのでしょうか」

子を産んだことよりも、そのほうがずっと気掛かりだ。心配でならない。

「私も詳しいことは分からないんだけどね、大丈夫だと思うよ」

女将の言葉にひとまず胸を撫で下ろしたけれど、たったひとつの心残りだけは、今も新吉の心に引っかかっている。

手代となった日から、ずっと考えていた。どうしたら美津に菓子を食べてもらえるだろうかと。

「なんだ新吉、まだやってたのか」

店を閉めたあと、板場で新しい菓子を考案していた新吉のもとへ、新之助が様子を見にやってきた。

「はい。味はもちろんですが、見た目にも美しい菓子が作りたくて」

「そういうのはな、案外思い出の中から生まれたりすることもあるのだぞ」

夏になると売り出す朝顔の形をした練切は、なんでも新之助と女将の思い出が詰まっているらしい。それについて新之助は多くを語らないが、新吉も他の奉公人もなんとなく察しがついていた。

水無月から葉月の間にだけ出される朝顔の練切。それを懐かしむように見つめる女将の顔を思うと、きっと二人の出会いと何か関係があるのだろうと。

「明日も忙しいんだ。早く休めよ」

「はい。ありがとうございます」

新之助が去った板場で、新吉は自分の思い出を振り返った。

過去に思いを馳せても、浮かぶのは美津の顔ばかりだ。もう涙するようなことはなくなったはずなのに、目頭がじんと熱くなる。

そして、美津と出会ったあの日のことが脳裏に蘇ると、新吉の手が自ずと動き出した。

五枚の花弁の先端には切れ目を少し。色は中心に向かうほど徐々に薄くなるよう、微妙な調整をする。素早く、そして何より美しく。

「……できた」

迷いなど一切なく作り上げた練切を、新吉は急いで新之助のもとへ持って行った。

「ほぉ、これは美しい。他の店でも必ずと言っていいほど作られる形だが、今まで見たどの練切よりも花弁が繊細で、淡い色もこの花の儚さをよく表現できているな。味もいい」

ひと口食べてそう言った新之助の言葉に、新吉は胸を撫で下ろす。

「だが分かっていると思うが、この練切を出すとしても、今ではないぞ」

「はい。それは承知しています。ただ、旦那様がこれを見てどうお感じになられるか、知りたかったのです」

「そうか。色も形も味も、とてもいい。新吉、来年の弥生には、お前が作ったこの菓子を店に出そう」

「ありがとうございます」

深々と頭を下げた新吉を見て、新之助は深く刻まれたしわを寄せ、微笑んだ。

「今日はもう寝なさい。明後日の八朔にはいつもより多く作らなければならないのだから、体を壊したら大変だからな」

「はい、承知しました。お休みなさいませ」

奉公人が住む二階に上がり蒲団に横になった新吉は、今しがたかけられた新之助の言葉を思い返していた。

八朔は祝いの日なので、風花堂も忙しくなる。上菓子を作り、城へ献上もするだろう……。

そこまで考えて、新吉は閉じかけた瞼を開き、勢いよく体を起こした。

八朔には、恐らく主の新之助が城へ菓子を持って行くはずだ。

祝いの日だからこそたくさんの品が届けられ、城に仕える人々がそれらを手に取る。身分が高ければ、きっとそれだけ多くの品を受け取ることにもなる。

――ならば、お美津さんも……。

この日であれば美津との約束を果たし、ともすると己の想いも伝えられるかもしれない。そうだ。もうこれしか方法はない。


文政七年、葉月は一日。

新之助が皆を労い早めに店を閉めたあと、新吉は一人板場に残って菓子を作った。

大切な人を想いながら考案した、季節外れの練切。それを心を込めて作り、重箱に並べ、店の屋号が入った風呂敷で包んだ。

「明日も早いんだから、お前はもう寝ろよ」

板場の入り口から新吉の様子を心配そうに見ていた千二郎に、声をかける。

「なんか、今の兄ちゃんの顔、すごく凛々しいよ」

「何言ってるんだ、千二郎は」

「だって本当にそう見えるんだもん。だからさ、頑張ってね」

「頑張るも何も、兄ちゃんの願いが込められた菓子をお渡しするだけだ」

「願い？」

「あぁ、そうだ。俺の願いはなぁ、今も昔もたったひとつなんだよ。それはね……──」


店を出た新吉は風呂敷包みを抱え、柳原通りを西へ急いだ。中身が崩れないよう慎重に、けれど足早に。自分が忍者になったようなつもりで足を進めた。

漆黒の空には、大きな音を響かせながら大輪の花が繰り返し咲いていたが、新吉はそれに目を向けることなく急ぐ。

和泉橋の少し手前に差し掛かった時、新吉は花火の音が止んだ瞬間に別の声を聞いた。神田川のほうが何やら騒がしい。

どうせ自分には関係がないことだ、気にせず進め。そう思おうとしたのだが、声の中に悲鳴のような叫びを聞き取った新吉は足を止め、すぐさま土手へ下りた。

その目に、真っ暗な川の中で激しく動く何かが映る。だが、よく見えない。動物だろうか。

近くに人が数人いるけれど、どうしていいのか分からないといった様子で誰もが戸惑っていた。

再び夜空に花火が上がると、美しい明かりに水面が照らされ露わになったのは、溺れかけている子供の姿だった。

刹那、新吉は躊躇うことなく川へ飛び込んだ。

ばしゃんと川面を打ち鳴らし、必死に腕を動かす。

すぐに助けるから！　諦めるな！

今にも沈んでしまいそうな子供に向かって、新吉は必死に手を伸ばす。

助かったら美味しい菓子を御馳走してやる！　だから頑張れ！

子供の体をしっかりと抱きかかえ、とにかくひたすら腕と足を動かした。

少しずつ土手に近づいた新吉は、そこにいる数人の大人へ、抱えていた子供を託す。

よかった。もう大丈夫だ……。

無我夢中だった新吉の体から、力が抜けていく。

俺も早く、約束を果たしに行かなければ……。

たったひとつの願いを、あの人のもとへ……――。

＊＊＊

「——そこで、意識が途絶えました」

つまり、死んでしまったということ。

「話してくださり、ありがとうございます。やはり、城の中にいる新吉さんの大切なお方は、お美津の方様だったのですね」

「……はい」

涙を流す新吉に、ずっと黙って話を聞いていた里沙《りさ》が頷く。

「今思えば、いくら八朔で祝いの品がたくさん届くとはいえ、俺みたいな奉公人が簡単に城の中に入れるはずないんですよね。俺がもっと賢明だったら、城に菓子を持って行くなんて考えにはならず、死ななくて済んだかもしれないのに。本当に、なんて間抜けなんでしょう」

里沙は新吉の目を見つめながら、僅かに膝を寄せた。

「そんなことはありません。新吉さんは大切な人に菓子を食べてほしかっただけです。その途中で溺れかけていた子供の命を助けたことの、どこが間抜けだと言うのですか」

里沙の優しさに新吉はまた涙ぐみ、ぐっと唇を噛んだ。

「新吉さん、ひとつ提案があります。伝えられなかった新吉さんの言葉を、そのお方に届けませんか？」

「……えっ？　で、でも、俺は死んでしまってるんですよ。死んでいるのに、どうやって」

「そのために、私がいるのです。私が、新吉さんの想いを文にしたためます。共にそのお方へ届けましょう」

里沙が言うと、新吉は暫し口を開けたまま動きを止めた。

「そ、そんなことをして、信じてもらえるでしょうか」

「新吉さんが大切に想うお美津の方様なら、きっと」

不安を口にした新吉に、里沙は優しい目を向ける。

「そなた自身が信じないで、誰が信じると言うのだ」

佐之介《さのすけ》が言うと、新吉は決心したように顔を上げて力強く頷いた。

行燈の灯りを点け、文机の前に座る。そして、すーっと静かに息を吸った里沙は、使い慣れた筆を手に取った。

「それでは、新吉さんの真の心を、伝えたい想いを、お聞かせくださいませ――」

里沙が筆を置いたのは、暁七ツ（午前四時）になる少し前。話すことが苦手な新吉は、なかなか上手く想いを言葉にすることができずに時間がかかってしまったが、なんとか無事書き終えることができた。

想いを口にした新吉も、その新吉の言葉を文に綴った里沙も、どちらの目にも涙が浮かんでいる。

「あ、あの、ひとつ言わなければならないことがあって」

すべてを話してくれたと思っていたが、まだ何かあるのだろうか。

「なんでしょうか」

「俺が、その……どうしてあんなふうになってしまったのかを」

あんなふうとは、御末の女中に取り憑き里沙を襲おうとしたことだ。それに、間違った記憶を真実だと思い込んでしまったことも。

話を聞くため、里沙と佐之介は新吉と向き合う。

「お二人と別れたあと、記憶を一部思い出した俺は一人で考え込んでいたんです。そしたら、雲水らしき僧に声をかけられて」

「僧侶ですか……えっ、ちょっと待ってください。今、声をかけられたとおっしゃいましたか？」

「はい。しかもその僧は、生者でした」

生者が死者である新吉に声をかけるということが何を意味するのか、里沙と佐之介には考えなくても分かる。

「亡霊が見えるということですか」

「そうなんです。俺も驚きました」

「お里沙以外にもそのような力を持つ者はいる、ということだな」

亡霊が見える者が存在することは事実だが、それがこの世に一人だとは限らない。以前佐之介が言っていたように、里沙がいるということは、他にも同じような人間がどこかに存在していてもおかしくはない。

「それで、俺が思い悩んでいる時にその僧がやってきて、言ったんです。俺は……裏切られたのだと」

その瞬間、『裏切った』と叫ぶ新吉の声が、里沙の耳をかすめる。

「お美津さんに出会ったことは思い出したんですが、お美津さんが稲荷に来なかった理由や大奥に上がったことは、その僧と会った時点ではまだ思い出せなかったんです」

では、徐々に記憶が蘇ったということだろうか。頭を捻る里沙に、新吉は続けて言った。

「それで、お美津さんの名を教えた途端、僧はお美津さんのことを権力に目が眩んだ欲望の塊のような女だと言ったんです」

「そんな、酷い！」

険しい顔を見せる新吉の隣で、里沙は思わず声を上げた。

「もちろん俺も、最初はそんなはずないって思いました。だけど、僧が言ったんです……」

姉に会いに来た際に、期せずして大奥へ上がれたことは、美津にとってまたとない好機。

これを逃すまいと、美津は将軍世子の目に留まるようあれこれ手を尽くし、御中臈となった。そして、目論み通り将軍世子である家慶の子を産み側室となった。それは揺るぎない事実である。

お美津の方は、新吉のことなどとっくに忘れてしまっている。そもそも、お美津の方にとっては新吉などなんら必要のない存在なのだと、僧は新吉に教えた。

「なんということを！　確かに大奥へ上がって御中臈になり、若君をお産みになられたことは事実です。でも、お美津の方様の人となりやお心は、すべて間違っているじゃないですか」

お美津の方の気持ちを思うと怒りがこみ上げてきそうになるが、里沙はそれを必死に抑えながら訴えた。

「だけど俺は、不思議と僧の言葉を真に受けてしまったんです」

「どうしてですか。その僧が何を言おうと、お美津の方様がどんなお方なのかは新吉さんのほうが分かっていたはずです」

あれだけお美津の方の幸せを望んでいた新吉が、見ず知らずの者に言われた言葉を簡単に信じてしまうとは思えない。

「お里沙さんのおっしゃる通りだと、今なら迷うことなく理解できるのですが、その僧はとても不思議だったんです」

「不思議とは、どういうことだ」

佐之介の問いかけに、新吉は視線を下げた。

「声が、とても不思議で。美しく透き通っているのに心に重く響いて、僧の言葉が耳に入るたびに、俺の心の中に得体の知れない憎悪が湧き上がってきて」

そこまで言い、拳を握りしめた新吉。その手は僅かに震えている。

「声だけで、憎悪が……」

新吉の話を聞いていた里沙は、冷たい刃で背筋を撫でられたような恐怖を感じた。

「お美津さんのことを想えば想うほど、憎しみや怨みという感情がどこからか湧いてきて、自分が自分でなくなるような恐怖を俺は感じたんです」

「では、新吉さんはその抑えきれない憎悪によって、あんなふうに柏木さんの体に取り憑いたというのですか」

「はい、恐らくは……。怨みの強い亡霊は、生者に取り憑くことができると言われました。それで、憎悪でいっぱいになった時には自分を制することができなくて、どうやって女中さんの中に入り込んだのかまでは覚えていないんですが」

新吉は、申し訳なさそうに何度も頭を下げた。

「ですが、お里沙さんの訴えかけるような言葉が聞こえて、ふと我れに返りました」

このまま怒りの感情にすべてを支配されれば、己が誰であったかも、大切な人のことも思い出せなくなるかもしれない。

　そんな思いが過った時、新吉の頭の中で響いていた僧の妖しげな声をかき消すように、里沙の声が聞こえたのだと言う。

『思い出してください。あの美しい桜の練切を作った時の気持ちを。本当の想いを！　新吉さん！』

　身が引きちぎられるような苦しみののち、新吉の中に本当の記憶と美津への想いが戻った。

「お里沙さんがいなければ、俺は今頃……。いや、佐之介の兄貴がいなかったら、俺はお里沙さんを傷つけてしまっていたかもしれません。本当に、何度お詫びしても足りないくらい、俺は莫迦なことを……」

「もう謝らないでください」

　里沙が優しく声をかけ、頭を下げ続ける新吉の肩に佐之介が手を置いた。

「自分を取り戻せたのは、新吉さんの想いが強かったからです。でも、その亡霊が見える僧とは何者なのでしょう」

「姿は雲水のようで、細い目の隙間から見える瞳は、赤黒く見えました」

　里沙と同じように変わった色ではあるが、里沙とは明らかに違う怪しさがあったと新吉は言う。

「どこにいるか分からない以上、それだけで特定することは難しいだろうな。だがひとつはっきりしているのは、その者が大奥の内情を知っていたということだ」

佐之介の指摘に、里沙は眉をひそめた。

「おっしゃる通りですね」

大奥法度にもあるように、大奥内のことは一切外へ漏らしてはならない。だがそれは到底無理な話で、奥女中の中には宿下がりの際、つい家族に大奥でのことを話してしまう者も少なくはないらしい。

閉じられた世界だからこそ気になってしまうのは仕方がないことで、奥女中もまた、自分がどれだけ立派なお役目に就いているのかというのを、少々大袈裟に話して驚いてもらうのも宿下がりの楽しみのひとつなのかもしれない。

だから、新吉が美津の奥入りや出産を偶然知ったのもある意味珍しいことではないのだが、問題の僧は違う。

美津という名は珍しくないというのに、それがなぜ家慶の側室となったお美津の方だと分かったのか。そもそも、側室の名をなぜ知っていたのか。

大奥へ上がったことだけを偶然耳にしたのなら分からなくはないが、偶々《たまたま》姉に会いに来ていた美津が御中臈になってしまったことまで、なぜ分かるのか。

「もしかしたらその僧は大奥内部の者、もしくは内情を知ることができる人物と近しい関係にある者なのかもしれぬ」

　確かに、佐之介の判断が妥当だろう。だが里沙が一番怖いと感じているのは、内情を漏らす者がいるということでも、嘘を吹きこむことでもない。謎の僧侶の言葉により、亡霊自身の意志とは真逆の感情を植え付けられてしまうということだ。

　あれだけお美津の方を大切に想っていた新吉の純粋な心をも、憎悪に染めてしまう。それこそが真の恐ろしさではないだろうか。

「今回は事なきを得たが、今後のことを考えると怪しい僧の正体もつきとめる必要があるかもしれんな」

「そうですね。もしも私よりも先にその僧が、成仏したいと願う亡霊に出会ってしまったらと思うと、不安でなりません」

　生者に取り憑き、目を赤く光らせ、里沙を襲った新吉のようになってしまうのではと、里沙は危機感を抱いた。そうなれば襲われてしまった者はもちろん、何も分からないまま取り憑かれてしまった生者のほうも、ただでは済まないだろう。

「俺もです。もしあの時、あのまま憎悪に支配されてしまっていたら、俺はどうなっていたのか分かりませんし……」

　成仏するどころか、人に危害を与える怨霊と化してしまっていたかもしれない。

「この件については私の力だけではどうにもならないので、後日、野村《のむら》様の意見もうかがいたいと思います」

「そうだな。野村様なら何か分かることもあるかもしれん。それよりもお里沙、そなたは少し休んだほうがいい」

障子戸の先はまだ薄暗く、五更《ごこう》の暁に鶏鳴《けいめい》が響いた。

「分かりました。では少しだけ休ませていただきます。明日、折を見て文を渡しに行きましょう」

御末や部屋方がもうすぐ起床する刻限だが、佐之介に促された里沙は、ほんの一刻ほど睡眠を取った。


起床したのは、明け六ツ（午前六時）。

里沙に来客があったのは、例の如く御右筆見習いの仕事に励んでいる時だった。

急ぎ七ツ口に向かうと、そこで待っていたのは、そわそわと辺りを気にする千二郎の姿。

里沙を捉えた千二郎は、緊張した面持ちでぎこちなく頭を下げた。

親族や城に出入りできる御用達の商人は、御切手をもらい奥女中と面会することが可能となる。

「御多忙のところ恐れ入ります。ほ、本日は、風花堂の使いで菓子をお持ちいたしました」

「まぁ、菓子ですか？」

慣れない手つきで重箱を差し出した千二郎を見て、そばにいる新吉が「ずいぶん緊張しているな」と微笑む。

「こ、こちらは、兄が考案した菓子でございます。是非お里沙さんと、それから……」

千二郎は口ごもり、周囲に目を向けた。七ツ口は女中が買い物をする場でもあり、毎日多くの商人たちが詰めている。そのためか、言葉を選んでいる千二郎の胸中を、里沙は察した。

「お渡しします。必ず」

誰にというのは、あえて言わなくても千二郎には伝わるはずだ。里沙の目を見た千二郎は、唇をぐっと結び、深く頭を下げた。

「あと、その、兄のことを……」

「大丈夫ですよ。千二郎さんとの約束は今日、必ず果たします」

それは、真実をお美津の方に伝え新吉を成仏させるという、千二郎と交わした約束のことだ。

「そうですか。よかったです。本当に……」

ほっとしたのか、それとも新吉が成仏することに寂しさを覚えたのか、千二郎は潤んだ瞳を袖で拭った。恐らく、千二郎にはどちらの感情もあるのだろう。

「千二郎、泣くな」

新吉が、千二郎の頭にぽんと手をのせた。すると、はっと顔を上げた千二郎は、図らずも「兄ちゃん」と声をこぼす。

さわれなくとも何かを感じ取ることができるのは、互いを思い合っているからだ。

「ずっと、悔やんでいたんです。あの日、兄ちゃんを見送ったのは、俺だから。俺が止めていたら、兄ちゃんは死なずに済んだのに……」

「何を言っているんだ。千二郎が悔やむことなどひとつもない。だってそうだろう。俺が店を出てあの道を歩かなければ、子供は溺れてしまっていたんだから」

新吉の言葉を、里沙が代わりに伝えた。

「千二郎、お前ならきっと、俺以上に凄い菓子職人になれる。お前は本当に優しい子だから、きっといいお嫁さんももらえるはずだ。絶対に幸せになれる。兄ちゃんが言うんだから間違いない。だから、大切な人を守れる男になるんだぞ。おっかさんのこと、よろしく頼むな」

再び里沙が伝えると、千二郎は畳に両手をついて頭を下げた。周りの目から、涙を隠すためだろう。千二郎の小さな肩が、小刻みに揺れている。

「ありがとうございます。兄ちゃん、俺、頑張るから、だからまた……」

――またいつか、必ず会おうね。

千二郎の背中を見送る新吉の顔は、涙と鼻水でぐちゃぐちゃになっていたけれど、弟の幸せを思う優しい兄の目をしていた。

それから里沙は再び御右筆の仕事に戻り、迎えた昼九ツ半（午後一時）。

「新吉さん、大丈夫ですか」

里沙の懐には、昨夜したためた大切な文が入っている。

「はい。あ、あの、佐之介の兄貴。俺は、兄貴みたいにお里沙さんを守るために相手に立ち向かうとか、そんなことは絶対にできやしない臆病者ですが、もしも生まれ変わったら、兄貴のような強い人になりたいって思いました」

新吉にそう投げかけられた佐之介は、少し驚いたように瞬きをしたあと、優しく頬を緩めた。

「何を言っている。そなたはじゅうぶん強いではないか」

佐之介の言葉に賛同するように、里沙は静かに頷いた。

「泳げないにもかかわらず、新吉は躊躇いなく子供を助けた。帯刀が許された者全員に、そなたと同じことができると思うか？　いくら刀を振れたとしても、どれだけ力があろうと、助けたいと願う優しい気持ちがなければできないこと。風花堂の菓子職人は、それをいとも簡単にやってのけたのだ。それを強いと言わずしてなんと申すのだ」

「……さ、佐之介の……兄貴……っ」

「泣くな。そなたが涙するのは今ではないだろ」

言葉を詰まらせ涙を流す新吉の肩に、佐之介が優しく手を置いた。

「実は、そなたと出会ってから思い出したことがあってな。俺にも弟がいると言ったが、九つ下の弟の名は、信吉《しんきち》というのだ。字は違うが、そなたと同じだ」

「佐之介の兄貴の弟君と同じ名だなんて、なんだか誇らしいです。兄貴の記憶も、いつかきっと取り戻せますよ。お里沙さんがいれば大丈夫です」

「あぁ、そうだな」

そんな二人のやり取りを聞きながら、里沙は自分の目元をそっと拭った。

「さぁ、では新吉さん、参りましょう」

風呂敷包みを手にした里沙は、西の丸へ向かった。

緊張で顔を強張らせる新吉と、そんな新吉を「大丈夫だ」と励ましながら歩く佐之介。

二人の亡霊が里沙のうしろをついて歩く。

西の丸大奥に着いた里沙は、部屋の前で両手をついた。

「里沙にございます。菓子をお持ちいたしました」

ゆっくり襖が開く。すると、中で横たわるお美津の方の姿を目にした瞬間、新吉が「あっ」と声を上げた。そして、駆け寄ろうとした新吉の体を佐之介がすぐさま押さえる。

「お里沙に言われただろ、何を見ても狼狽えるなと。大丈夫だ、落ち着け」

涙で滲む新吉の目に映ったのは、病によって痩せ細ったお美津の方の姿。

「お美津の方様、お体の具合はどうでしょうか。今日は、とても美しい菓子をお持ちいたしました」

人払いをした部屋の中で、里沙は風呂敷包みを解き、金蒔絵の重箱を差し出した。

「お里沙さん、毎日来ていただき、ありがとうございます。ですが私はもう……」

「こちらは、今朝城に届けていただいた風花堂の菓子でございますよ」

里沙が言うと、驚いたお美津の方の蒼白い顔に、ほんの少しだけ色が戻ったような気がした。

「お美津の方様、今日はお見舞いに来たのではありません。お美津の方様の呪いを、解きに参りました」

「呪いを、解く……」

「はい。ですがその呪いを解くのは私ではなく、お美津の方様です」

何を言っているのか分からなくて当然だが、里沙は眉根を寄せるお美津の方を見ながら、続けた。

「お美津の方様の呪いは、お美津の方様ご自身がかけた呪いでございます。つまり、ご自分でご自分を苦しめておられるのです。お美津の方様が裏切ってしまったと思われている相手。それは、新……千太さんのことですね」

これまでずっと、出会ってから四年間、誰にも話したことがなかったのになぜだと、お美津の方はそんな目を里沙に向けている。

「千太さんは、お美津の方様が自分を裏切ったなどとは思っておりません。ましてや、怨んでなどおりません。お美津の方様は罪悪感からご自分を責め、呪われていると思い込み、苦しんでおられるのです」

「なぜ、なぜそんな……」

お美津の方は、自分の目から涙が溢れていることにも気づかないほど驚愕している。

「聞いたのです。千太さんの弟君の千二郎さんと、そして、千太さん本人に」

「会ったのですか、千太さんに」

「はい。お会いしました。お美津の方様が苦しんでおられると話したところ、千太さんは私にお美津の方様を救ってほしいと頭を下げられました」

「千太さんが……」

「はい。そのお気持ちを、私が文にしたためました。ですがその前に、千太さんについて聞いていただきたい大切なお話がございます」

今一度居住まいを正す里沙を見て、お美津の方は横になっている体を起こそうとした。

里沙はすかさず背中を支える。

「ご無理はなさらないでください」

「大丈夫です。横になったまま聞くなど、そんなことはできませんので」

体を起こしたお美津の方は、白湯をひと口飲んでから里沙を見据えた。

「お美津の方様の体のことを思うと、文だけをお渡しして終いにしたほうがいいのではと一瞬思いました。ですが、やはり真実をお伝えしなければ、千太さんの本当の想いは伝わらないと判断いたしました」

里沙は側にいる佐之介の気配を感じながら一度深く息を吸い、心を落ち着かせてから正視した。

「昨年の八朔に、千太さんはご自分で作られた菓子を城へ届けに行きました。もちろん、お美津の方様に食べていただくためです」

「八朔……いえ、私は風花堂の菓子など受け取っていません」

お美津の方は里沙の腕に触れ、そう訴えた。

一度唇を噛みしめた里沙は、お美津の方の手を優しく握る。

「はい。千太さんは、菓子を城へ届けることができませんでした。川で溺れかけている子供を助けて、命を落としてしまったからです」

一瞬、空が白む朝のような静けさが流れた。

「そなた……今、なんと……？」

「千太さんは昨年の八朔の日に、お亡くなりになりました」

里沙が真実を告げると、お美津の方は愕然とし、言葉を失った。

「なっ、何を言っているのです。そなたは会ったのでしょう。千太さんに会って話をしたと、そう申したではないか」

お美津の方の定まらない視点に、激しく揺れる心が見て取れる。

「はい。お会いしました。ですが、私が会ったのは、亡霊の千太さんです」

「……」

お美津の方は目を見開き、ただ黙って里沙を見つめる。何を言えばいいのか、混乱しているのだ。

「私は、幼い頃から死者が見えるのです。私がここ大奥で亡霊の千太さんを見たのは、雛祭りの翌日でした――」

里沙は、お美津の方にすべてを話した。千二郎の時と同様に、真実を知ってもらうためには自分のことも包み隠さず伝える必要があると思ったからだ。

お美津の方は終始瞳を潤ませたまま、けれど「嘘だ」と口を挟むことなく最後まで里沙の言葉に耳を傾けていた。

「信じてもらえないかもしれないですが」

するとお美津の方は、静かに首を横に振った。

「とても信じられない話ですが、お里沙さんの口から語られた千太さんは、私の知る千太さんそのものです。瞼を閉じると、千太さんの顔が鮮明に浮かぶほどに」

千二郎と同じように、お美津の方も里沙の話の中にいる千太を確かに見たのだろう。

「けれど……」

視線を落としたお美津の方の口から、悔恨の念がこぼれ落ちる。

「千太さんがお亡くなりになったのは、私のせいです……」

すると、側にいた新吉が腰を浮かせ「それは違います！」と声を荒らげた。だが、当然お美津の方の耳に新吉の声は届かない。

「私が約束などしたから、だから……千太さんは……」

ぽろぽろと涙をこぼすお美津の方と同じように、新吉も悔しそうに涙を流し、湿った声を必死に絞ろうとしている。

「お美津の方様、こちらは先ほど弟君の千二郎さんが届けてくださった、菓子です。見ていただけますか」

里沙は重箱をお美津の方の前に差し出した。そして蓋をゆっくりと開く。

そこには、桜の花を表現した美しい練切が入っている。

「千太さんがお美津の方様のことを想って考案した練切です。このような美しい菓子を作れるのは、それだけお美津の方様のことを想っていたという証でございます」

お美津の方は口元に手を当て、潤んだ声と共に悲しみが溢れ出るのを必死に抑えている。

里沙は懐から一通の文を取り出し、隣に座している新吉に目をやった。

唇を噛みしめている新吉は、「お里沙さん、お願いします」と、声を震わせながら頭を下げる。

頷いた里沙は、お美津の方へ文を差し出した。

「ここに、千太さんの想いのすべてが綴られております」

唇を震わせながら受け取ったお美津の方は、そのまま静かに文を開く。

*

〝お美津さんとお呼びすること、突然の文にて想いを伝えること、どうかお許しください。

お美津さんは覚えておいででしょうか。

あれは文政四年の弥生。桜が満開の頃、私はあなた様にお会いしました。

いいところなど何もない。何をやっても失敗ばかりで、私などいないほうが店のためになるのでは。そう思っていた私に、お美津さんは言ってくださいました。

「いつか、千太さんの作った菓子を、私に食べさせてくださいませ」

あの時、私は菓子職人として頑張る理由ができたのです。自分にできるはずがないと思っていた背中を、お美津さんが優しく押してくださったから。

あなた様の御髪《おぐし》に桜の花弁が一枚とまった時、私は思いました。

頭上に広がる桜雲《おううん》よりも、地面を埋め尽くす無数の花弁よりも、何よりあなた様は美しいと。

三月《みつき》に一度であろうと、あの場所であなた様とお会いできる儚い時は、私にとって何よりの幸福でした。

ですが翌年の弥生、あなた様は稲荷に来られなかった。

もちろん何も感じなかったわけではございません。気持ちは沈みましたし、会えない寂しさもありました。

しかし、そもそも私のような者が旗本家のお方に懸想《けそう》するなど不相応。お美津さんにお会いして話ができていたこと自体が奇跡であり、あの稲荷が起こした御業《みわざ》なのです。

そう思えば、心に空いた穴も少しは塞がりました。

その後、お美津さんが大奥に上がられているということを知ったのは、更に一年経った文政六年のことです。

お美津さんにはもう二度と会うことができないと知り、いっそ、諦めもつきました。

ただ、ひとつだけ心残りがございます。

それは、私が作った菓子を食べてもらうという約束を、果たせなかったことです。

お美津さんはもう忘れてしまったのだ。そう言い聞かせても、食べていただきたいという思いだけはどうしても消えませんでした。

なぜなら私は、文政六年の終わりに手代になったからです。

今、さぞや驚かれたことでしょう。私自身、旦那様にそう言われた時は心底驚きました。こんなに早く手代になれるとは思っていなかったので。

手代になった際、旦那様から〝新吉〟という名をいただきました。千太ではなく、今は新吉といいます。

手代になり、菓子職人として板場も徐々に任せてもらえるようになりました。

そのことをお美津さんに伝えたいと、何度思ったことか、数えきれません。

お美津さんのことを忘れたことは一度もございませんが、ただ、菓子を作っている時だけは、約束を守れなかったことや、お美津さんに会えないやるせなさから逃れることができました。

そして、文政七年の文月。菓子職人として自分に自信が持てるようになった頃、お美津さんが子をお産みになられたことを知ったのです。

私は初めてお美津さんに会ったあの日に想いを馳せ、新しい菓子を考案しました。それをどうしても、お美津さんに届けたかった。

お美津さんは、自分を責めておいでだとうかがいましたが、それは間違いでございます。

稲荷へ来なかったのではなく、来ることができなかったのですから。

私は、お美津さんに裏切られたと思ったことなど、ただの一度もございません。

あの稲荷に手を合わせ、私が願ったことはたったひとつ。

「大切な人が、いつまでも、いつまでも、幸せでありますように――」

その想いは、初めてお会いしたあの日から、今もずっと変わっておりません。

だから私は、お美津さんとお生まれになった若君様の幸せを願って、八朔の日に祝いの菓子を届けに向かったのです。


お美津さん、もうご自分を責めるのはおやめくださいませ。

たくさん食べて、早く元気になってください。

私はお美津さんの、春に咲く花のような笑顔を見るのが好きでした。

お美津さんの笑顔があれば、周りにいるたくさんの人たちもきっと、かつての私と同じように、笑顔になれましょう。

どうかいつまでも、笑っていてください。

どうかいつまでも、健やかでいてください。

どうかいつまでも……。

千太はお美津さんの幸せを、ずっとずっと願っております。〃

お美津の方は、読み終えた文を抱きしめながら涙に咽《むせ》ぶ。

「私は……怨まれているとばかり……」

別れの言葉も言えずに二度と会えなくなってしまったことを、お美津の方はずっと謝りたいと思っていた。けれどそれも叶わぬまま、今度は子を身籠った。

そして政之助《まさのすけ》を出産した時、お美津の方は思ってしまったのだ。

『なんという幸せ』

千太を裏切ってしまったというのに、我が子を心から愛おしいと思ってしまう。幸福だと思ってしまう。その感情が千太への罪悪感へと変わり、怨まれているという思い込みが心の病を招き、徐々に体を蝕んでいったのだ。

「お美津の方様、戸を開けましょう」

すっと立ち上がり部屋の障子戸を開くと、薄暗かった部屋に明るさをもたらした。

その眩さに、お美津の方は思わず目を閉じる。

「見てください、今年も満開になりましたよ」

里沙の声に合わせて、お美津の方は瞼を開いた。

その目に映るのは、満開の桜の木。淡い桜色が庭を優しく彩っている。

「新吉さんがお亡くなりになったのは、お美津の方様のせいなどではございません。お美津の方様も知っての通り、新吉さんはとてもお優しい方です。溺れている子供を見捨てたりはしない。泳げないにもかかわらず、躊躇わずに川へ飛び込むようなお優しい方だったのです」

涙ながらに語る里沙の言葉に、長らく遮られていた春の日差しが、ようやくお美津の方に降り注いだ。

「少し、外へ出たいのですが」

懐紙で涙を拭ったお美津の方が、顔を上げた。

「もちろんでございます」

その申し出に応えるため、里沙はお美津の方の体を支えて庭へ出た。

大きな桜の木を見上げるように立ったお美津の方の正面には、新吉がいる。

「お美津の方様、新吉さんは今、目の前にいらっしゃいます」

「新吉さんが、ここに……」

お美津の方は喜びと悲しみが入り混じる声を漏らし、両手で顔を覆った。肩を震わせながら、必死に涙を堪えている。

「お里沙さん、俺を救ってくれて、本当にありがとうございました」

新吉は、お美津の方を見つめていた視線を里沙に向けた。その目に、初めて会った時のような戸惑いはもうない。

里沙が優しく微笑みながら頷くと、両手を解いたお美津の方が、色を取り戻した瞳で前を見つめた。まるで、見えないはずの新吉がその目に映っているかのように。

「ごめんなさい。新吉さん、ごめんなさい。こんなことになるなら、約束などしなければよかった」

「何を言うのですか。俺はあの日、お美津さんと約束をしたから、もっともっと精進しようと思えたのです」

里沙が新吉の言葉をそのままお美津の方へ伝える。

「……ありがとうございます。こんな私を怨まず、それどころか、ずっと幸せを願ってくださったこと、何も知らずにいたこと、本当にごめんなさい」

「謝る必要などございません。寧ろ俺のほうこそ、三月《みつき》に一度会えることが幸福だなどと言って、ずっとお美津さんを苦しめてしまっていたことを謝らなければなりません」

再び里沙が伝えると、お美津の方は涙で滲む目を、ふと桜の木の幹に向けた。そこには、確かに新吉が立っている。

「私のことを、春風のような温かさを感じると新吉さんが言ってくださったから、空っぽの私でも誰かのためになっているのかもしれないと思うことができたのです。新吉さんのお陰で、私も少しずつ自信が持てるようになりました」

「俺は何も……」

「新吉さん」

「はい」

「新吉さん、そこにいらっしゃいますか」

「はい。ここにおります」

「なんとなくですが、いるのが分かる気がします」

お美津の方は一瞬だけ視線を落とし、小さく息を吸った。

「私は……」

そして、再び顔を上げる。

「私は新吉さんを、千太さんをずっと……お慕いしておりました」

ようやく伝えられた想いに、お美津の方は綺麗な涙をこぼした。

「俺も、お美津さんのことを、お慕いしております」

ずっと変わらない想いを伝えられた新吉もまた、涙する。

「千太さん、私は幸せになります。政之助と共に、誰よりも……」

「はい。幸せになってください。幸せに、長生きしてもらわないと困ります。それが俺の最後の願いなのですから」

「千太さん……」

「政之助様はお美津さんの子なのですから、きっと愛情深く、伴侶となる方を心から大切にできるような、優しいお方に成長されることでしょう」

するとと、新吉の足が地面からふわりと浮き上がった。それを目にした里沙は、そろそろなのだと気づき、佐之介と視線を交わす。

「俺はもう、逝かなければなりません」

「お美津の方様、新吉さんはもう逝かれるそうです」

里沙が伝えると、一度止まった涙がお美津の方の瞳を再び潤ませた。

「思えば、出会った頃から今も、俺とお美津さんの時は桜のように儚かったなぁ」

雫をこぼすように呟いた新吉の言葉を、里沙が伝える。

「本当に、その通りですね。けれど、桜は来年もその先も咲きますよ」

間もなく消えゆく新吉は、桜のように美しいお美津の方を、その目に焼き付けている。

「桜が咲くたびに、私は優しい菓子職人の千太さんと過ごした儚い日のことを、思い出します」

「ありがとうございます。その言葉だけで、俺はもう……」

「千太さんに出会えて、本当に幸せでした」

「俺が、俺のほうこそ……出会ってくれて、ありがとうございました……」

「千太さん……」

「お美津さん、どうか、どうか、いつまでもいつまでも……お幸せに……──」

そう言って目尻を下げた新吉は、まるで桜の中に溶け込むように消えていった。

直後、花風が桜の花弁を舞い上げ、お美津の方の頭上に優しく降り注ぐ。

お美津の方がそっと手を伸ばすと、手のひらに桜の花弁がゆっくりと落ちてきた。

「お美津の方様、新吉さんがお考えになったあの桜の練切の名は、〝花明かり〟というそうです。千二郎さんが教えてくださいました」

新吉の人柄と、暗闇にいても桜の花が満開であれば、辺りは明るく照らされるという意味を込め、主の新之助がつけた名だそう。

そして花明かりは、この先も桜の季節にだけ売られる限定の上菓子として風花堂で販売することを決めた。

「花明かり……。とても素敵な名ですね」

千太と美津、小さな稲荷神社が引き合わせた二人の心が、互いに通じ合っていたこと。

それは、これまでもこの先も里沙と佐之介以外の誰にも知られることはない。歴史に刻まれることも当然ない。だが、二人が過ごした桜のように儚い時の中には、確かに互いの幸せを想う気持ちが存在したのだ。

美しい桜文様の打掛を纏ったお美津の方は、桜の木を見上げ、優しく微笑んだ。

＊

誰しもが、想い合う人と必ず一緒になれるとは限らない。寧ろ主が決めた相手と一緒になることがあたり前の今だからこそ、側にいられる時間を大切に——。

そこまで書いて、里沙は一度筆を置いた。振り返ると、佐之介は開け放った障子戸から夜空を見ている。

——あとどれくらい、共に過ごせるのでしょう。

「お里沙、終わったのか」

視線に気づいた佐之介が声をかけてきた。里沙は慌てて背を向ける。

「はい。ひとまずこれで。あとは明日、野村様に報告してから記録に残そうかと」

「そうか。それならば、お里沙に話したいことがあるのだが、少しいいか」

佐之介からこのようなことを言い出すのは珍しい。里沙は少し緊張しながら佐之介と向かい合った。

「お里沙を危険に晒してしまったこと、謝らねばならない。本当にすまなかった」

突然陳謝する佐之介に、里沙は慌てて両手を振った。

我を忘れた新吉に、里沙が襲われた時のことだろう。だが、頭を冷やすため一人になると申し出たのは里沙のほうだ。

「やめてください、佐之介さんが謝ることなど何もございません」

「いや、俺はお里沙を守るとお松《まつ》にも約束し、己にもそれを誓ったのだ。それなのに、怖い思いをさせてしまった。本当にすまない」

「いえ、確かに怖かったですが、あの時はなんとなく佐之介さんが助けにきてくれるような気がしたんです。それに、本当にきてくださったじゃないですか」

佐之介が罪悪感を抱く必要など少しもないと言うように、里沙は弾むような声で笑みを浮かべた。

「お里沙、俺はもう二度と、そなたを危険に晒したりはしない。そなたの側を離れたりはしない。だから、何かあった時は一人で背負わず、俺に話すのだぞ」

向かい合う佐之介の綺麗な目が、里沙に真っ直ぐ向けられる。

亡霊の佐之介と生者の里沙とでは、住む世界が違う。

もしかするとそれは、菓子職人と側室以上に交わることのない二人なのかもしれない。

それでも里沙は、一刻でも長く佐之介の側にいたいと願っていた。

「……はい。承知いたしました」

終章　恋桜

大奥長局に突如現れた亡霊は風花堂の奉公人、新吉《しんきち》であった。

調査の過程で生じた疑問を基に、里沙《りさ》は新吉とお美津《みつ》の方の繋がりに気づく。

そして、すべてを思い出した新吉から話を聞き、新吉の気持ちを文にしたため、大切な人であるお美津の方へ手渡した。

「――……互いに想いを伝え合ったことで、菓子職人の新吉さんは昨日、無事成仏いたしました」

里沙が事の経緯を報告したのは、新吉が成仏した翌日。一日の勤めを終え、野村《のむら》の手が空いた宵五ツ（午後八時）頃。

野村の部屋には他に松《まつ》や豊《とよ》の姿もあり、佐之介《さのすけ》は隅に腰を下ろしている。

「それにより、新吉さんに怨まれていると思い悩んでいたお美津の方様の心は回復し、体のほうもこのまま快方に向かうだろうとのことです」

「そうか、大儀であった。しかし、気掛かりじゃな……」

いつものように、煙管を片手に一服しながら野村が呟いた。新吉が惑わされたという僧侶のことだ。里沙が報告している最中、眉ひとつ動かさなかった野村が、僧侶の話を聞いている時だけ表情に変化があった。ほんの僅かに顔をしかめたのだ。

もしかすると、長く大奥に仕えている野村なら心当たりがあるのかもしれない。

「何か思い当たる節がおありですか？」

「将軍家に近しい僧侶についてまったく存ぜぬ、とは言えぬが」

里沙の問いに、野村は暫し目を閉じて考え込んだあと、徐に唇を開く。

「お里沙はまだ知らぬと思うが、智泉院《ちせんいん》という将軍家の祈祷取次所があるのじゃが、その住職がなかなか頭の切れる男で……」

そこまで言って、野村は口を噤んだ。言葉のわりに、野村の表情や口吻には能力を称賛するというよりも、僅かな疑念が含まれているように思えた。

「……いや、これについて主観を述べるのは時期尚早、しばらくは注視する必要がありそうじゃ。お里沙もお松も、今回の僧侶について私の許可なく動くことは禁ずる。よいな」

語気を強めた野村の言葉に、里沙と松は「承知いたしました」と、揃って頭を下げた。

御年寄として常に辣腕《らつわん》をふるう野村に、頭が切れると言わせた住職のことは気になるが、野村の言いつけに背く気など里沙にはもちろんない。恐らく御年寄という立場上、何ごとも憶測で判断するわけにはいかないのだろう。

「では、お里沙が無事お役目を果たしたところで、みなさん仕事のことは一旦忘れておやつにしませんか？」

声を弾ませた松は、豊の傍らに置いてある重箱に視線を向けた。

「お松は本当に菓子が好きですね」

豊はそう言って上品な笑みを浮かべ、持って来た重箱を皆の前に差し出し、蓋を開けた。

「お豊様、これは……」

中に入っているのは風花堂の練切〝花明かり〟だ。重箱の内側が漆黒に塗られているため、淡い桜色がとてもよく映えている。

「先ほど私の部屋方が受け取ったのだけど、風花堂の御主人が持っていらしたのよ。お美津の方様からのご所望で、ひとつはお里沙にと」

「私にですか」

驚く里沙に、豊はお美津の方からの御礼状を手渡した。

「贈り物に添える御礼状を、ご本人に代わって書くのが私たち右筆の務めだけれど、その御礼状はお美津の方様が直々にお書きになったそうよ」

「お美津の方様が……」

胸にぐっとこみ上げるものを感じながら、里沙は御礼状を開いた。

〝この度は、なんと御礼を申し上げたらよいか。誠に、ありがとうございます。

いただいた上菓子は、これまで食べたどの菓子よりも美味しく、これがたとえ花明かりの手によって直接作られた菓子でなくとも、その魂はしっかりと感じられました。花明かりが、想いを込めて考案してくれた優しい気持ち。しかと受け取りました。これでやっと、約束を果たせたのだと思います。

花明かりが私の幸せを願ってくれたように、私は若君の幸せを何より願って生きていきますゆえ、お里沙様もどうぞ、御自愛くださいませ。〟

お美津の方の立場上、殿方の名を文に記すことはできないため、代わりに新吉という名を「花明かり」と称したのだろう。まるで新吉が本当に桜の精霊になったかのような、素敵な文だ。

そして最後の一行を読んだ里沙は、溢れそうになる涙を堪え、佐之介に目を向けた。

〝お里沙様、私たちをお救いくださり、ありがとうございました。〟

(私は、きちんと自分の務めを果たせたでしょうか)

言葉にしなくても想いは通じたのか、佐之介は里沙を見つめたまま優しく微笑んだ。

里沙の様子を黙って見ていた三人は、里沙の涙の意味を問うことはない。そこには、里沙にしか分からない想いがあると悟っているからだろう。

「さぁ、いただきましょうよ」

いつものように明るい声を上げ、松が重箱に手を伸ばした。

「これお松、この菓子はお里沙に届けられたものだということを分かっておるのか」

「分かっておりますとも。ですが野村様、おやつは一人で食べるよりも皆で食べたほうがおいしゅうございますよ。ね、お里沙」

松の言葉に、目元を拭った里沙は笑顔を見せた。

「はい。もちろんでございます。皆さんでいただきましょう」

やれやれとため息をつきながらも、野村のその顔には微かな笑みが浮かんでおり、豊もまた、口元に手を当てて微笑んでいる。

里沙は全部で六つある花明かりをひとつずつ丁寧に懐紙にのせ、三人に手渡した。

「誠に美しくて、食べるのが勿体なく思ってしまいます」

「何を言ってるのよお里沙、菓子は見るものではなく、こうして食べるものなのよ」

松は半分に切った花明かりを、一気に口の中へ運んだ。

「あぁ、美味しい。しっとりとしていて甘さも本当に絶妙で、これは風花堂にしか出せない匠の技だわ。さぁ、皆様方もお早く、上菓子はあまり時間が経つと乾燥してしまいますよ」

松に促されて花明かりをひと口食べた里沙は、お美津の方の幸せと新吉を思いながら、白餡の優しい甘さを大切に味わう。野村も豊もまた、風花堂という江戸で一、二を争う菓子屋の練切の味を、じっくりと堪能した。

花明かりを食べ終えると、ひと息ついた里沙はずっと気になっていたことを口にした。

「野村様、私にはまだ、どうしても分からないことがあるのです。佐之介さんはなぜ、生者の腕を掴むことができたのでしょうか」

里沙が襲われた時、亡霊である新吉が取り憑いていたとはいえ、体は生者である柏木という女中のものだった。生者と死者は触れ合えないはずなのに、佐之介が里沙を守れたのはなぜなのか。佐之介は咄嗟のことで考える余裕などなかったと言っていたが、今ここで佐之介が生者の誰かと触れ合おうとしても、きっとその手はすり抜けてしまうに違いない。

現《げん》に記録をつける際、確認のため佐之介が里沙の腕を掴めるか試したのだが、佐之介の手は、やはりすり抜けてしまったのだ。

「佐之介とやらが生者にさわれたのは、その時だけなのか」

野村に聞かれ、里沙は佐之介と出会ってからこれまでのことを思い返した。

「いえ、似たようなことはありました。佐之介さんが手を差し伸べてくださったお陰で転倒せずに済んだことが、二度ほど」

腕をしっかり掴んだり、直接触れたわけではないが、里沙の体を受け止めたことがある。それはまるで、佐之介の腕に透明な蒲団が巻きつき、それに支えられたような感覚だった。

他にも、思い悩んでいる里沙を励ますため、佐之介が里沙の手に触れた時に温もりを感じたことなら何度もある。だが、それに関しては恐らく里沙の気持ちの問題なので、報告の必要はないだろう。

「とすると、今のところは、お里沙の身に危険が迫っている時に起こるということか」

「確かに、そうなりますね」

里沙は野村に言われて初めてそのことに気づいたが、黙ってこちらの話を聞いている佐之介には自覚があるのか、驚いている様子はない。

「なるほど。死者と生者の間にある垣根は、どうあがいても越えることなど不可能。じゃが、その垣根を一時的に壊したのは、佐之介とやらの強い想い……ということか」

「佐之介さんの想いですか？」

何かを悟った様子の野村に対して里沙が小首を傾げると、すかさず松が口を挟んだ。

「お里沙を守りたいっていう、佐之介の強い想いよ。つまり何が言いたいかって、絶対にあり得ない現象を起こしてしまうくらい、佐之介にとってお里沙は大切な存在ってこと」

「……なっ、何をおっしゃるのですか、お松さん。冗談はおやめください」

松の言葉を理解した里沙は咄嗟にうつむき、桜色に染まる頬を隠した。佐之介が今どんな顔をしているのか気になるけれど、里沙は見ることができない。

そんな可愛らしい里沙の反応を、松と豊は微笑ましく見つめているが、野村は複雑そうに目を細めた。

「お里沙、ひとつ言っておくが……」

野村の声に重みが増し、部屋の空気が一気にぴんと張り詰めた。笑顔を浮かべていた松と豊も、野村の放つ声から深刻さを感じ取り、直ちに居住まいを正す。

「僧侶の存在が不明な以上、亡霊の脅威からお里沙を守るためにも佐之介は必要であろう。じゃが、生者と死者はどうあっても交わることはない。此度のように、たとえ奇跡が起ったとしても、それは一時的なことじゃ」

里沙の心は激しく揺れ動いた。鼓動が大きな音を立て、胸を強く締めつける。

「徳川家の、上様の御為《おんため》に尽くし、そしてこの大奥という狭い世界に生きる大勢の女たちを守るのが私の役目。それゆえ、この先もしそなたが誤った道を行こうとするなら、私はなんとしても止めねばならぬ。そのことを、ゆめゆめ忘れるでないぞ」

感じたことのない胸の痛みに耐えながら、里沙は深く頭を下げた。

「承知……いたしました」

野村が何を言いたいのか、里沙には分かっていた。だが、この先どうなるかなど想像できない。否、考えたくはないのだ。

「お里沙は器量よしですから、良縁を得ることも可能だと思うのですが」

「そうじゃな。歳も今年で十八なら、早いほうがいいかもしれぬ」

豊と野村の会話に、里沙は焦って顔を上げた。

「ま、待ってください。私はそんな、そのようなことは考えておりません」

大切な姪に幸せになってもらいたいという豊の気持ちはよく理解できるが、里沙の幸福は嫁ぐことではない。

「今はいいけれど、叔母として、あなたの一生をここで働いて終わらせるわけにはいかないのですよ」

「で、ですが、お豊様――」

「私、思うんですけどね」

焦る里沙に代わり、松が声を上げた。その手には、いつの間にか二つ目の花明かりがのっている。

「もちろん、良き妻となるための修業を兼ねて大奥に上がる者もたくさんおります。奥女中だったというだけで箔がつきますからね。ですが、私はそれがすべてだとはどうしても思えないのです。時の流れと共にお召し物の流行りの色が変わるように、医術が少しずつ進歩するように、想像もしていなかった新しい菓子が次々と考案されていくように、この国の女の生き方も、少しずつ変わっていくのではないですか？　絶対にそうだと、私は思いますよ」

そう言って、松は手に持っている花明かりを口に入れた。頬を膨らませ、「美味しい」と満足げに顔を緩ませている。

「お松さん……」

里沙がどうしたいのか、どうありたいのか、あえて言葉にしなくとも松には通じていた。

「それに野村様も嫁がず、こうしてずっと大奥に仕えているじゃないですか」

もぐもぐと口を動かしながら松が言った。

「私は、若いそなたらとは別じゃ。それよりもお松、そなたはいつまで部屋方でおる気なのじゃ。お松もそろそろ——」

野村が言いかけたところで、松はすっと立ち上がり、

「あっ、忘れておりました。私ちょっと、御膳所へ行かなければなりませんので」

そう言って、そそくさと部屋を出て行ってしまった。

「まったく、お松には十年近くこうして逃げられておるわ」

ため息をついて脇息にもたれかかる野村だが、その顔は呆れつつも、どこか嬉しそうに微笑んでいるように見える。御年寄なのだから、強制的に松を奥女中にさせることなど容易いはずだが、しないということは、松の気持ちを尊重しているからだろう。

大奥の御幽筆として働くことが里沙の幸せであるように、松にとっては部屋方として働くことが幸せであり、そこにはきっと権力や俸禄《ほうろく》には代えられないものがあるのだ。

松と野村のやり取りに、里沙と豊は顔を見合わせて微笑んだ。

野村の部屋に来て半刻が過ぎ、そろそろ部屋に戻ろうという頃。突然襖が勢いよく開き、

何やら急いだ様子で松が戻ってきた。

「これお松、大きな音を立てるでない」

「すみません、ちょっと急いでいたものですから。それよりも、これをお里沙に」

広蓋《ひろぶた》の上にのせられている華美な打掛を見て、里沙は目を丸くした。

「戻ったらお渡しするように言われて、お豊様の部屋方が代わりに受け取っていたんだけど、お美津の方様からだそうよ。早く見せたくて持ってきてしまいました」

「お美津の方様から、私に？　そ、そんな、いただけません」

「これは、お美津の方様が以前着ていた打掛だそうよ。だから遠慮する必要はないって」

「いえ、そういう問題ではございません。こんな高価な打掛、私には勿体ないです」

一連の会話を黙って聞いていた野村が身を乗り出し、手を伸ばして打掛にそっと触れた。

「うむ。よいではないか。お里沙、受け取りなさい」

野村に言われてしまっては、拒否するわけにはいかない。だが本当にもらってもいいのだろうかと、里沙は打掛を見つめて考え込んだ。

「お里沙、倹《つま》しいのは悪いことではないけれど、そなたは御幽筆というだけではなく、右筆でもあるのですよ。見習いとはいえ、右筆は御目見以上の立場。せめて行事や式の際には、それ相応の召し物を身につけなければなりません。せっかくいただいたのですから、ありがたく受け取りなさい」

豊がそう言うと、松が打掛を手に取った。

里沙が所有している打掛は、御幽筆となった際に野村から贈られた一枚だけだが、里沙はそれさえも自分には勿体ないと思い、着用することは滅多にない。

大奥へ上がる前、祖母が里沙のために購入した着物は、祖母が亡くなった際に父親がすべて取り上げた。以降、里沙はぼろぼろの小袖を自分で繕って着用するのがあたり前だった。そのため、呪われた子が着飾る必要などないとずっと思っていたからだ。

だが、豊の言うことはもっともだ。奥女中になったからには、奥女中としての振る舞いというものがある。それに何より、お美津の方の優しい気持ちを無下にはしたくなかった。

「さぁ、お里沙」

松に促されて立ち上がった里沙は、梅文様が描かれた水色の打掛にそっと袖を通す。

「とっても素敵よ、お里沙」

「よく似合っておる」

「お里沙の優しい顔立ちと、今の季節によく合っていますよ」

松と野村と豊が口々にそう言うと、里沙はなんだか面映くなり、視線を下げた。

「どう？　佐之介」

見えない相手に向かって松が声をかけると、里沙は身をすくめながら徐に顔を上げた。

「あぁ。とても華やかで美しく、何より……愛おしい」

佐之介の視線が里沙の瞳に合わさると、初めて桜を目にしたかのように、胸が高鳴る。新吉がお美津の方に会った時も、このように激しく心が震えたのだろうか。

今なら、その瞬間の新吉の気持ちが分かるような気がした。恐らくそれは、佐之介も同じ。

「ありがとうございます……」

里沙は胸に手を当て、うつむいた。

「ねぇ、せっかくだから二人で満開の桜でも見てきたら？　昼間の吹上御苑《ふきあげぎょえん》でお花見をしても、他の奥女中がいる中では言葉を交わすこともできないわけだし」

里沙と佐之介を気遣う松の言葉に、野村も豊も口を挟むことはなかった。

「はい。では、少しだけ」

一度膝をついて頭を下げた里沙は、野村の部屋をあとにし、そのまま三の側に戻った。

朝の早い部屋方は既に就寝しているため、起こさぬよう、そっと縁側から庭へ降りる。

大奥の庭のいたる所に桜の木が立っているのだが、里沙の部屋の前の庭にも一本の桜の木が立っている。

月明りの下で美しく咲く桜を見上げながら、里沙は暫し思いを馳せた。

「お里沙、実はひとつ、思い出したことがあるのだ」

「記憶が戻られたのですか!?」

「ほんの一部だが、夢の中で新大橋の前にいた女のことだ」

夢にまで見るということは、きっと佐之介にとって大事な人なのだろう。もしかすると想い人か、許嫁なのかもしれない。里沙の心の奥に小さな波が立った。

けれど、佐之介の口から語られた言葉は意外なものだった。

「お里沙、その簪は確か、そなたの祖母の形見であったな」

「えっ？　はい。これは祖母が大事にしていた梅の花簪です」

「実は、夢で見た女がその簪とまったく同じものを挿していたのだ」

一瞬、佐之介が何を言っているのか分からなかった。つまり、同じものを持っていた人、ということだろうか。

「その女は、亡霊である俺に言ったのだ」

『佐之介さんは、ご自分がお亡くなりになっているということはお分かりですか』

ほんの一瞬だけ頭の中が混乱したが、里沙はそれが何を意味するのかを即座に理解した。

「つまり、そのお方も亡霊が見えたということですか？」

「そうだ。それからこうも言われた」

『私にできることがあればお助けしますので』

どこかで聞いたことのある言葉だと思ったのは、佐之介と初めて会った時に自分が同じようなことを言っていたからだ。成仏できるよう、一緒に考えると。

「俺は、死んでから成仏することも亡霊として目覚めることもなく、永きにわたって暗闇の中にいた。だがそんな俺を見つけ、呼び覚ましてくれたのがその者だったのだと思う。見えなかったはずのその者の顔が鮮明になった時、誰かに似ていると思ったのだ」

佐之介が里沙を見つめる。

「それが、お里沙だ」

「私に？」

「あぁ。お里沙の簪と同じものを挿した、その者の名は」

『――私は、梅《うめ》と申します』

里沙は、目を大きく見開いた。

見つめ合う二人の間を、花吹雪が美しく舞う。

「お梅さんは、そなたの祖母であろう。こうして見ると、大きな目と優しげな面差しがとてもよく似ている」

驚きのあまり言葉が出ない里沙の脳裏に、かつての祖母の言葉が過った。

『だって、おばあちゃんも昔は見えていたんだから』

亡霊が見えることに恐れを抱いていた幼い里沙に、祖母がかけてくれた言葉だ。あれは、里沙を安心させるための偽りなのだと思っていたが、もしかすると……。

「本当に、おばあちゃんは本当に、見えていたの？」

まるで祖母に語りかけるかのように、里沙は涙と共にぽつりと言葉をこぼした。

「俺はそう思っている。お梅さんのことを俺がなぜ忘れてしまったのか、そこまではまだ分からないが、あの時、暗闇の中から俺を呼び覚ましてくれたのは間違いなくお梅さんだ。もしかすると、俺とお里沙を出会わせてくれたのも、お梅さんだったのかもしれんな」

梅に亡霊が見えていたとすると、血の繋がりのある里沙が何かのきっかけでその力を受け継ぐ可能性はじゅうぶんにある。

「おばあちゃんが私に、佐之介さんを……」

孤独だった自分に、引き合わせてくれた。そして、佐之介を救うことができるのは自分しかいないのだと、里沙に生きていく道と自分の役目を示してくれた。確かな証拠はなくとも、きっとそうなのだと里沙は思えた。

「おばあちゃん、佐之介さんを暗闇の中から救ってくれてありがとう。佐之介さんと出会わせてくれて、ありがとう。私は、何もしてあげられなかったのに……」

今さら思っても遅いけれど、生きている時にもっと祖母のためにできることがあったのではないだろうか。あとからいくらでも浮かぶのに、そう思った時にはもう、大切な人は側にいない。後悔してからでは、遅いのに……。

「お梅さんにしてやれることは、そなたが幸せでいることではないか。お梅さんもきっと、それを願っているはずだ。新吉のようにな」

「佐之介さん……」

佐之介が手を伸ばすと、溢れ出た里沙の涙を、佐之介の指先がそっと拭ったように思えた。触れることなどできないはずなのに、これもまた、強い想いが起こした奇跡なのだろうか。

二人は静かに桜の木を見上げた。

するとどこからともなく聞こえてきた猫の鳴き声に、里沙は視線を下げる。

「あら、茶々丸。いつの間にここへ？」

ゆっくりと近づいてきた茶々丸は、甘えるように里沙の足元に頭を擦りつける。

「茶々丸はすっかりお里沙に懐いているな」

微笑ましく見つめる佐之介と里沙の間に、茶々丸がちょこんと座った。

「しかし、誠に美しいな」

佐之介がそう呟くと、里沙は再び視線を上げた。

頭上に広がる満開の桜は、ほのかな光を放ちながら二人を照らしている。

「本当に美しいです」

「これがまさに、花明かりというものなのだろうな」

「はい。来年もまた、こうして花明かりを見られるでしょうか」

〝二人で〟という言葉は言えなかったが、桜の花が咲いた時、隣にはまた佐之介がいてくれるのだろうか。

側にいたい。来年も、その先も、できることなら永遠に、花明かりの下で微笑み合えたら。

そんな思いを胸に抱く里沙に、佐之介は言った。

「見られるに決まっている。お里沙が望む限り、俺はそなたを守る。それが、今の俺の願いなのだから」

成仏したいと願っていた佐之介だが、その思いはいつしか里沙を守り、支えたいという想いへと変わっていった。

決して叶わぬと分かっていながらも、二人の心には儚くも美しい恋桜が、咲き誇ろうとしていた。

「――今回は少々、期待外れだったか」

網代傘を乱暴に脱ぎ捨て、頭を振りながら深いため息をついた。

どすんと腰を下ろした僧は、薄暗い小屋のような一室にて胡坐をかき、左の片肘を太腿にのせて頬杖をつく。

「久しぶりに大奥へ足を踏み入れたというのに、まさかあんな邪魔が入るとはねぇ」

苛立ちを右手の指先に込め、床をとんとんと打ちつけた。

「しかし、あの新吉とかいう若者はただの莫迦だったたな。自分は無駄死にし、片や女は側室になって権力を手にしたというのに、相手を怨むどころか幸せを願うなど、呆れてため息すら出ない。死人が幸せを願ったところでなんになる？」

問うような言葉に、僧の正面で鳴りをひそめるようにして座っている漆黒の衣を纏った侍は、なんの反応も示さない。

僧は舌を鳴らし不満を露わにした直後、にやりと口角を上げた。

「……だが、代わりに面白いものが見られたので、良しとしようじゃないか。邪魔をしたあの奥女中、どうやら見えるようだな」

冷たい微笑を浮かべた僧は、開いた己の両手のひらをじっと見つめる。

「自分の力を自覚してから、見える目を持つ者を見たのは初めてなんだ。そなたにはもう分からないだろうが、新吉からあの奥女中の話を聞いた時、体中に熱いものが流れ、心の臓が躍るような感覚を覚えたんだよ」

　紅潮した顔に弾む息。僧は抑えきれない高揚感を露わにした。

「それに、女を守ったあの亡霊もそうだ。これまで亡霊と触れ合うような感覚なら何度も味わっているが、生者の腕を掴むことのできる亡霊など、私は見たことがない。もしかすると、私があの亡霊の腕を掴むことも可能なのだろうか。亡霊の体とは、屍と同じく冷たいのかなぁ。あぁ、今すぐ試してみたい……」

　新しい玩具を与えられた子供のように、僧は歯を見せて不気味に笑った。

「女のために亡霊が生者を押さえるなど、血沸き肉躍る光景じゃないか。本当なら割って入りたいところだったが、そんなことをしたら楽しみが終わってしまうだろ？　だから、私もあの時は必死に我慢したんだ。この気持ち、そなたにも分かるか？」

「……」

「なんというか、そなたは誠に寡黙だな。まぁいいが……」

　笑顔を消した僧は片眉を上げ、正面を見据える。

「そなたはまだ何もするなよ。俺はな、もっと楽しみたいんだ……――」

　薄暗い行燈の灯りの中、含み笑いを浮かべる僧侶の瞳が、怪しげな赤黒い光を放つ――。

あとがき

前作から引き続きの方も、初めましての方も、『大奥の御幽筆　～永遠に願う恋桜～』をお読みくださり、ありがとうございます。

特別な力を持つ里沙が奥女中となり、密かに〝御幽筆〟という役目を与えられ、これからも悩める亡霊や生者を救いたいと決意するところで一巻は終わりました。

二巻では新たなキャラクターが登場しますが、その一人がお美津です。彼女は実在した側室をモデルにしていて、今作は、そんなお美津の大奥へ上がる経緯を知ったことがキッカケで浮かんだ物語なのです。

作中にもあるように、お美津はただ姉に会いに来ていただけのはずが、そのまま城に留まることになってしまった。もし、お美津に想いを寄せる誰かがいたとしたらどうだろう……と考えた結果生まれたキャラクターが、里沙の前に現れた亡霊、新吉です。

不器用で情けないけれど、とても真面目で優しく、何より真っ直ぐな新吉。彼を書いていくうちに、私自身、本当の強さとはなんなのかを学んだような気がします。

そして新キャラといえば、忘れてはいけない人物、何やら怪しい僧侶が出てきましたね。僧侶について多くは語れませんが、こちらも今後物語にどう絡んでくるのか、楽しみにしていただけると嬉しいです。

里沙の佐之介に対する想いも増していき、それゆえ生者と亡霊という越えられない壁が非常に切ないですが、これからも心が温かくなるような物語を目指して頑張りますので、二人の今後を見守ってくださると幸いです。

デビューから今まで、私はシリーズとして小説を書いたことがなかったので、今回が初めての〝二巻〟となります。シリーズを出すという夢のひとつが叶ったこと、それは、この作品に携わってくださったたくさんの方々のお陰です。

一巻に引き続き、言葉にならないほど美しい表紙を描いてくださった春野薫久様、解説を書いてくださった宮永様、担当編集の佐藤様、デザイナー様、とのは文庫編集部や出版にあたりお世話になった皆様、そして応援してくださる読者の皆様に、心から感謝申し上げます。

二〇二三年十月　菊川あすか

解説

宮永忠将（歴史ライター／翻訳家）

里沙と佐之介が懸命に生きる（!?）江戸時代。この時代の性格を端的に表すなら「安定の追求」でした。なにせ応仁の乱から一五〇年も続いた戦国時代後の統一政権なので、江戸幕府を開いた徳川家康とその後継者は社会の「安定」に心を砕いたのです。

そんな社会にあって、江戸幕府の最大の懸案事項は将軍家の安定です。古来、皇帝や国王を戴く国では、後継者――世継ぎの断絶が、王朝滅亡や内乱の原因となっています。だから徳川将軍にとって子作りは重要な仕事だったのですね。この将軍お世継ぎの管理という大役を担った場所が「大奥」です。将軍以外の男子禁制の場を居城に設け、将軍正室を頂点とする、世界も類例のない女性による統治機関を作ったのです。

そんな「大奥」を舞台とする『大奥の御幽筆』は、男子禁制というタブーを亡霊というアイデアで乗りこえて、殊のほか身分の上下と外出に厳しい仕組みを「御幽筆」という独自の職能で渡って歩く、とても自由な魂の物語です。「大奥」もお役所なので規則禁則でがんじがらめだったのですが、そうした説明をくどくどせずとも、その厳しさや特異性、そして女性社会ならではの気配りの細やかさだけでなく、その根底に隠せない嫉妬や情念の気配も感じさせつつ物語に引き込む菊川先生の筆力は見事の一言です。

ところで第二巻では、江戸の町での里沙の行動範囲が広くなっているので、ちょっとだけ地理の話を。まず物語の鍵となる和菓子屋「風花堂」があるのは両国橋ですが、これは現在の総武線両国駅の付近。そこから大川――隅田川沿いに下っていくと新大橋があります。里沙の生家は八丁堀の武家町ですから、大奥と風花堂を行き来する時は、その北側をかすめることになります。現代に合わせればＪＲ御茶ノ水駅と両国駅の間を徒歩で行き来していたことになりますね。

そして佐之介が親子で城外門番役を勤めた浅草御門は、神田川が大川に合流する手前の橋で、両国橋は目と鼻の先となります。ここは見附とも呼ばれる江戸城警護のための重要な城門です。天下太平の江戸時代、武士らしい仕事の数は限られていました。だからこそ、江戸城警備に直結する城外門番役を得ることは、まさに狭き門。武士にとってなによりの誉れのお役目の過去を、佐之介が思い出したことはとても重要です。

難しい説明を使うことなく、それでいて「大奥」と「江戸の町」を緻密に調べ上げて、その仕組みを奥行きたっぷりに魅せる『大奥の御幽筆』の世界で、里沙と佐之介にはこれからどんな物語が待っているのか。「霊視」能力ゆえになにやら大きな陰謀に巻き込まれそうな里沙を巡る人間模様の変化もあり、続きが気になって仕方ありません。

ことのは文庫

大奥《おおおく》の御幽筆《ごゆうひつ》

～永遠《とわ》に願《ねが》う恋桜《こいざくら》～

2023年10月27日　初版発行

著者　菊川《きくかわ》あすか

発行人　子安喜美子

編集　佐藤　理

印刷所　株式会社広済堂ネクスト

発行　株式会社マイクロマガジン社

URL：https://micromagazine.co.jp/

〒104-0041

東京都中央区新富1-3-7 ヨドコウビル

TEL.03-3206-1641 FAX.03-3551-1208（販売部）

TEL.03-3551-9563 FAX.03-3551-9565（編集部）

本書は、小説投稿サイト「魔法のiらんど」（https://maho.jp/）に掲載されていた作品をシリーズ化し、新たに書き下ろしたものです。

定価はカバーに印刷されています。

ISBN978-4-86716-479-2　C0193

乱丁、落丁本はお取り替えいたします。